NAPISAŁA: MAŁŻEŃSTWO

ZALOTNE KOMPLIKACJE
NOWELA DWA

EBONY OATEN

PROLOG

LUTY 1816

16 lutego
Bangor Hall

Najdroższa Mamo,

    To doprawdy straszna sytuacja. Nic złego nie zrobiłam. Byłam w drodze, by poślubić dzielnego kapitana Tenby'ego. Kapitan powiedział, że od kowadła dzielą nas zaledwie godziny, gdy pękła nam oś. To nie moja wina. Nie możesz mnie winić za coś, co było całkowicie poza moją kontrolą. Pogoda w całym kraju jest ponoć okropna. Tak na marginesie, nie mogę się doczekać lata, kiedy wreszcie skończy się ten potworny ponury nastrój.

    Powtarzam, nic z tego nie jest moją winą. Zakochanie się jest całkowicie naturalne. Sama tak mówiłaś. Dlaczego tata wysłał mnie tak daleko? Dlaczego po prostu nie sprowadził mnie do domu, gdzie mogłabym wszystko wyjaśnić? Teraz znajduję się na kompletnym pustkowiu. To bardzo niesprawiedliwe.

Gdy tylko kapitan Tenby i ja znów będziemy razem, pobierzemy się, zobaczysz. Wtedy wszystko będzie dobrze.

Twoja ukochana Demeter

2 marca

Penrose House,

Bath

Droga Demeter,

dopiero dzisiaj otrzymałam twój list i mam nadzieję, że ten nie będzie szedł do ciebie tak długo, jak twój do mnie. Faktem jest, że nadal jesteś niezamężna. Ucieczka z ukochanym to już wystarczający skandal, ale nieudana ucieczka okryła nas wszystkich niewypowiedzianym wstydem. Prawda jest taka, że bez względu na twoje intencje, twój powóz nigdy nie dotarł do Gretna Green. Twój „wspaniały kapitan" nie wrócił.

Słyszałyśmy również plotki, że może nie być tym, za kogo się podaje.

Czy naprawdę nie zdajesz sobie sprawy, jak bardzo twoje czyny upokorzyły całą rodzinę? Zwłaszcza twoje siostry, których sezony towarzyskie w Londynie są zagrożone! Ja również zostałam ukarana, gdyż muszę przebywać w Bath pod pretekstem leczenia nerwów wodami. Jestem jeszcze bardziej zadłużona u mojego brata, jako że jego żona zgodziła się być przyzwoitką Persefony i Hestii podczas ich sezonu. Możemy tylko mieć nadzieję, że ludzie nie powiążą mojego brata z jego krnąbrną siostrzenicą. Musisz pozostać tam, gdzie jesteś, dopóki sytuacja się nie uspokoi. Módl się, aby twoje siostry znalazły znakomite partie, a z czasem wszystko znów będzie dobrze.

Twoja kochająca matka.

20 marca

Bangor Hall

Najdroższa Mamo,

poczta jest niewiarygodnie powolna. Odchodzę od zmysłów, ponieważ kapitan Tenby nie nawiązał kontaktu i obawiam się o jego zdrowie. Mam nadzieję, że gdy tylko wyślę do ciebie ten list, otrzymam od niego wiadomość i cała moja panika okaże się daremna. Jeśli nie, musi to oznaczać, że jest w okropnej sytuacji. Dlaczego inaczej nie byłby w stanie wysłać żadnej wiadomości po tak długim czasie?

Powinien tu być piękny wiosenny dzień, ale jest deszczowo i ponuro. Jeśli nie mogę wrócić do Londynu, pozwól mi przynajmniej pośpieszyć do Bath, gdzie znów będę z tobą i wśród jakiegoś przyzwoitego towarzystwa. Tutaj zupełnie nie ma co robić. Markiz i jego żona starają się być gościnni, ale ich świeżo poślubna sielanka sprawia, że nie nadają się na towarzystwo. Wydaje mi się, że Amelia zajmuje się czytaniem listów biznesowych!

Tak, listów biznesowych!

Uważasz, że przynoszę wstyd? Pani tego domu prowadzi interesy. Nawet markiza wdowa jest w to zamieszana! To z pewnością nie jest odpowiednie miejsce dla mnie. Jeśli martwisz się o reputację naszej rodziny, powinnaś niezwłocznie po mnie posłać, abym nie została zhańbiona przez te powiązania.

Pośpieszę do Bath na twoje pierwsze słowo.

W głębi serca wiem, że kapitan Tenby jest człowiekiem honoru.

Gdy tylko dowie się, gdzie jestem, przybędzie, by się o mnie upomnieć, i pobierzemy się. Wtedy wszystko będzie dobrze.

Twoja ukochana Demeter.

10 kwietnia,

Bangor Hall,

Najdroższa Mamo,

modlę się, aby twój ostatni list był już w drodze do mnie, ale nie mogłam czekać ani dnia dłużej. Od tego rozmyślania całkiem pleśnieję. Włosy obrosły mi pajęczynami niczym strachowi na wróble i dzień w dzień noszę te same ubrania! Po części dlatego, że nie ma tu żadnych wydarzeń, na które można by pójść, ale głównie dlatego, że mam tylko jedną ciepłą suknię, która zapewnia mi komfort w tę niepogodę.

Czy ten deszcz nigdy nie przestanie padać? Tak niewiele jest tu do roboty, że zaczęłam nawet spacerować wzdłuż Menai. To urocza rzeka. Pływy są widowiskowe i odrywają myśli – do pewnego stopnia. Proszę, znalazłam jedną dobrą rzecz do opisania. To jednak nie równoważy wszystkich tych nudnych spraw. Nie wstydzę się przyznać, że jestem tu tak samotna, iż zaczęłam rozmawiać z zarządcą markiza i dyskutujemy o płodozmianie!

Pozwól mi wrócić do domu, a przynajmniej pozwól mi przyjechać do Bath!

Twoja ukochana Demeter.

PS. Zaprzyjaźniłam się z markizą. Jest dość uroczą i jowialną osobą, mimo że zajmuje się handlem. Miałam rację, nadal jest mocno zaangażowana w interesy. Co gorsza, odkryłam, że te interesy są całkiem przyjemną odskocznią. Jesteś całkowicie przerażona moim ostatecznym upadkiem? Wyślij więc wiadomość, a stawię się u twojego boku.

20 kwietnia,

> *Bangor Hall*
>
> *Najdroższa Mamo,*
>
> *mogę tylko zakładać, że twój ostatni list do mnie gdzieś zaginął. Pogoda jest tu upiorna. I nie jest to tylko moja opinia. Tutejsze rodziny mówią, że jest niezwykle zimno i mokro. Jestem pewna, że w Bath jest znacznie przyjemniej. Opowiedz mi wszystko o sezonach Persefony i Hestii. Nie mogę zdobyć żadnych informacji o londyńskim towarzystwie, będąc tak daleko. Zaczęłam czytać gazety, ale są one pełne doniesień o plonach, cenach sprzedaży i oczywiście o okropnej pogodzie. Przynajmniej mam o czym rozmawiać z zarządcą.*
>
> *Proszę, pozwól mi przyjechać do Bath. Proszę.*
>
> *D.*

25 kwietnia,

> *Bangor Hall*
>
> *Najdroższa Mamo,*
>
> *wiem, że nie miałaś jeszcze okazji odpisać, ale tak bardzo za tobą tęsknię. Tęsknię nawet za Persefoną i Hestią. Codziennie tu pada. Załączam wycinek z gazety opisujący, jak zła jest pogoda. Wszyscy tylko o tym mówią, więc to nie tylko ja narzekam na wilgoć.*
>
> *D.*

10 maja

> Bath

Moja obowiązkowa córko,

zabroniłem twojej matce pisać do ciebie więcej listów. Ukryłem również przed nią twoje dwa ostatnie listy. Twoja wcześniejsza korespondencja sprawiła jej straszliwą przykrość. Pogoda w Bath jest równie okropna jak w północnej Walii. Myślałaś, że deszcz pada tylko w Bangor? Specjalnie po to, żeby cię ukarać?

Błagam cię, opamiętaj się i bądź świadoma swojej sytuacji oraz napięcia, w jakie wpędziłaś całą rodzinę z powodu swojej nieudanej ucieczki, a także tego, jak to świadczy o twojej matce i o mnie jako rodzicach tak samowolnego i nieposłusznego dziecka.

Minęło już kilka miesięcy, a twojego kapitana ani widu, ani słychu. Co nadejdzie pierwsze: Boże Narodzenie czy twój kapitan?

Przynajmniej nie jesteś w Londynie, by rujnować sezony swoich sióstr. Dzielnie zniosły presję skandalu i złośliwych plotek. Mimo posagów oraz największych starań twojej ciotki i wuja, wciąż nie znalazły odpowiedniej partii. A ja jestem teraz wobec nich zadłużony.

Skoro mowa o posagach, z przykrością donoszę, że kapitan Tenby nie nawiązał kontaktu, aby się o twój upomnieć; to kolejny powód, by sądzić, że nie ma zamiaru cię poślubić.

Pozostaniesz dokładnie tam, gdzie jesteś, dopóki nie udowodnisz, że rozwinęłaś w sobie poczucie odpowiedzialności za swoje szkodliwe czyny.

W związku z tym, wkrótce przybędą twoi nowi podopieczni. Są darem od księcia regenta. Skoro twierdzisz, że rozpaczliwie potrzebujesz jakiejś odskoczni, to będzie dla ciebie odpowiednie zajęcie. Opiekuj się nimi, dbaj o ich bezpieczeństwo i trzymaj z dala od kłopotów. Muszą być w doskonałym stanie na wizytę księcia. Nie niepokój więcej swojej matki, jest u kresu wytrzymałości.

Z poważaniem itd.,

ROZDZIAŁ I

29 MAJA 1816

Bangor Hall
Północna Walia

List od ojca wypalał troskę w sercu Demeter Mellingham, gdy schodziła po schodach na śniadanie. Zatrzymała się przy wysokich oknach Bangor Hall, aby przeczytać go ponownie w bladym porannym świetle. To właśnie tam, napisane jego własną ręką – książę regent miał złożyć wizytę!

Jak zdołają przygotować Bangor Hall na czas na przybycie tak znamienitego gościa? I co ważniejsze, czy do tego czasu przestanie padać?

A jeszcze ważniejsze – kiedy książę planował przybyć?

Potrząsając z troską głową, przeniosła uwagę na pobliskie wody cieśniny Menai. Tego ranka brzegi były wysokie. Woda sięgała żywopłotu w dolnej części ogrodu. Na zielonym trawniku pojawiły się brązowe plamy, gdy trawa tonęła w mokrej, słonej wodzie. Na zewnątrz był majster, sprawdzający poziom wody czy cokolwiek innego robił dla Rosstrevorów. Sądząc po uśmiechu na jego twarzy, perspektywa bycia jeszcze bardziej przemoczonym niż zwykle zdawała się go zachwycać.

W tym momencie odwrócił się i zobaczył Demeter stojącą po suchej stronie szyby. Przeszył ją dreszcz, że została przyłapana, i musiała udawać, że patrzy na rzekę, a nie na niego. Mężczyzna dotknął czapki w geście pozdrowienia i posłał jej uśmiech, który przebił się przez mrok.

Szelma.

To nie wina Demeter, że majster przypominał jej kapitana Tenby'ego. Miał kręcone, ciemne włosy, często mokre od deszczu, oraz mocno zarysowane, nieco krzaczaste brwi. Z tej odległości zastanawiała się, czy jego oczy miały ten sam jasnobrązowy kolor co oczy jej dzielnego kapitana.

Zapach grzanek uniósł się po schodach. Czas iść do jadalni. Jasnożółte zasłony w tym pomieszczeniu toczyły przegraną walkę z szarym niebem po drugiej stronie szyb. Demeter szybko dygnęła wszystkim i nałożyła sobie na talerz tosty z masłem, a następnie sprawdziła, czy na stole stoi miseczka z marmoladą.

Wspaniale, zostało jej mnóstwo.

Jej myśli uczepiły się kilku słów z listu ojca. Dwoje nowych podopiecznych? To martwiło ją nawet bardziej niż wizyta księcia. Mieli wkrótce przybyć, jak pisał, i musieli być w… jak to ojciec ujął? „doskonałym stanie" na wizytę. Co za dziwny sposób mówienia o ludziach.

Biedne owieczki, odesłane z pałacu! Cóż takiego okropnego zrobili, żeby zirytować księcia?

Brak słońca sprawiał, że tak wiele osób popadało w melancholię. Może i w Londynie nie było go za wiele? Ojciec pisał, że pogoda w Bath jest równie zła, więc możliwe, że i stolica pogrążona była w wilgoci. Może dlatego książę Jerzy odsyłał ludzi – był w złym humorze z powodu fatalnej aury.

Kimkolwiek byli, musieliby przyzwyczaić się do tutejszych wczesnych poranków. Demeter robiła, co mogła, ale zawsze przychodziła na śniadanie ostatnia. Ostatnimi czasy zjawiała się na tyle wcześnie, by przywitać się z Rosstrevorami, zanim rozejdą się do swoich obowiązków. Cieszyła się, że dziś wstała wcześnie, ponieważ musiała z nimi porozmawiać.

Gdy zajmowała miejsce, Demeter wiedziała, że cały dom zacznie wirować szybciej niż „Swellies", które pojawiały się bez ostrzeżenia w wodach Menai, gdy tylko podzieli się nowiną.

Położyła plik listów i wyjęła najnowszy, aby upewnić się, że dobrze go odczytała.

„Witajcie o poranku, milordzie, milady. Nie chcę wprowadzać w domu zamętu, ale mój ojciec donosi, że odwiedzi nas książę regent".

Czas stanął w miejscu. Markiz zamarł z widelcem w połowie drogi do ust. Jego matce opadła szczęka, po czym zamknęła usta z trzaskiem. Brwi jego żony uniosły się wysoko i tak już pozostały.

W końcu David Rosstrevor odłożył widelec i odezwał się. „Książę regent? Przyjeżdża tutaj?".

„Tak jest napisane w liście od mojego ojca" – potwierdziła Demeter, składając papier w odpowiednim miejscu i podając mu go, aby mógł sam przeczytać.

Natychmiast podał go lady Rosstrevor, która powiedziała coś w stylu: „Naprawdę tak stoi?".

Markiza wdowa wstała z miejsca i podeszła do ramienia synowej, a kąciki jej ust opadły, gdy również przeczytała te słowa.

Amelia Rosstrevor przeczytała list na głos: „«Nowi podopieczni wkrótce przybędą... Muszą być w doskonałym stanie na wizytę księcia». O Boże, to tutaj. A potem dalej pisze: «Nie niepokój więcej matki, jest... »".

„Ta część nie jest ważna" – przerwała Demeter, mając nadzieję odzyskać papier i oszczędzić sobie komentarzy na temat reszty jego treści. Wtedy Rosstrevorowie naprawdę dowiedzieliby się, jak bardzo Mellinghamowie byli rozczarowani tym, co zrobiła. Wiedzieli oczywiście do pewnego stopnia, ponieważ jej ojciec napisał i poprosił ich, by ją przyjęli, tyle miesięcy temu.

Brwi Amelii Rosstrevor zmarszczyły się. Skinęła głową, licząc w pamięci tygodnie. „Nie wiemy kiedy, ale mam nadzieję, że nie nastąpi to w czasie mojego rozwiązania".

Markiza wdowa zabrała głos. „To zaszczyt przyjąć taką wizytę, ale roztropnie byłoby najpierw się z nami skonsultować". Zwróciła się do syna i powiedziała: „Jesteś pewien, że książę do ciebie nie napisał?".

David Rosstrevor nieco zbladł i odchrząknął. „Nie widziałem takiej korespondencji. Czy jesteśmy pewni, że książę zamierza odwiedzić nas *tutaj*? Być może pański ojciec ma na myśli, że będzie w pobliżu. Jakież to dziwne, że on wie o tym przed nami".

„Napiszę do ojca po więcej szczegółów" – powiedziała Demeter. „Zgadzam się, trudno to stwierdzić. Moją pierwszą myślą było, że książę przybywa tutaj, do Bangor Hall.

Ponadto ojciec pisze, że książę przysyła mi dwoje podopiecznych, którymi mam się zająć. Dlaczego o ludziach mówi się jak o «podopiecznych», a nie po prostu o «ludziach», i dlaczego nie skonsultował się z państwem przed wysłaniem tu kolejnych gości? Czy wysłał wcześniej do państwa list z zapytaniem w tej sprawie?".

Lady Rosstrevor zwróciła się do męża i powiedziała: „Nie otrzymaliśmy nic bezpośrednio od pańskiego ojca, odkąd pani przybyła. Znaleźliśmy wczoraj jeden list, który był dla pani. To musi być ten, który nam pani teraz pokazuje. Napisaliśmy do niego w czasie pani przyjazdu, aby poinformować, że jest pani bezpieczna i ma się dobrze. Odpowiedział krótką notatką, że jest usatysfakcjonowany tą wiadomością. Potem nie mieliśmy od niego żadnych wieści". Dama bezwiednie potarła dłonią brzuch. „To pierwsza korespondencja od niego, jaką widzimy od tamtej pory. Czuję ulgę, że uznała pani za stosowne nam ją pokazać, ale jednocześnie jestem zdezorientowana jej treścią".

Markiza wdowa potrząsnęła głową i wróciła na swoje miejsce. „To niezwykle kłopotliwe. Do tej pory nie sądziłabym, że książę w ogóle się nami interesuje. Chyba nie próbuje odzyskać Caernarfonshire, prawda?". Napełniła ponownie filiżankę herbaty i zapytała, nie zwracając się do nikogo w szczególności: „Może planuje jakąś procesję? Katedra jest urocza. Nie mogę się doczekać, aż mój wnuk zostanie tam ochrzczony. Napiszę do dziekana Warrena i zapytam, czy ma jakieś informacje".

David Rosstrevor potrząsnął głową i zwrócił się do Demeter. „Dobrze się stało, że zwróciła pani na to naszą uwagę. Proszę napisać do ojca po więcej informacji o tym, kiedy książę przybędzie i jakie mogą być jego potrzeby.

A przy okazji, proszę go zapytać o nazwisko sekretarza lub dworzanina organizującego wizytę. To dziwne, że o tak ważnej nowinie dowiadujemy się za pośrednictwem pańskiego ojca, a nie od kogoś z samego pałacu".

Demeter przeczytała list ponownie i za nic w świecie nie mogła pojąć, co jej ojciec miał na myśli. Dlaczego książę Walii miałby odwiedzać tak odległe miejsce?

Gdyby tylko autorką listu była jej matka! Już pierwsze zdanie skupiałoby się na wizycie księcia. Reszta listu byłaby gęsta od szczegółów, a nie dodana jako myśl poboczna na końcu srogiej reprymendy za jej niepowodzenie w kwestii zamążpójścia.

ROZDZIAŁ 2

Demeter skończyła pisać list do taty i podała papier lordowi Rosstrevorowi. Zostawiła miejsce, aby mógł coś dopisać, gdyby zechciał. Zamiast chwycić za pióro, podał list prosto żonie i mruknął coś o sprawdzeniu zapasów laku.

Spojrzawszy przez okno, zauważyła, że deszcz wreszcie przestał padać. Nie było czasu do stracenia, musiała zaczerpnąć świeżego powietrza, zanim kolejna ulewa znowu uwięzi ją w domu.

Nigdy by się do tego nie przyznała, ale spacer wzdłuż wiecznie zmiennych wód cieśniny Menai bardzo pomagał jej odzyskać równowagę. Przechadzki dawały jej czas na myślenie lub czas na to, by *w ogóle nie myśleć*, co również było wspaniałym sposobem spędzania czasu.

W końcu miała go tak wiele.

A kiedy myślała, to o swoim ukochanym, kapitanie Tenbym, i o tym, kiedy mógłby wrócić. Nie poprosił o jej posag, ponieważ… ponieważ był tak honorowy, rzecz jasna! Nie byli jeszcze małżeństwem.

Bolało ją do głębi duszy, że nie miała żadnych wieści

bezpośrednio od mamy, zwłaszcza że miała nadzieję, iż matka zmięknie i zaprosi ją do Bath.

Ale nie, jej ojciec trzymał je z dala od siebie.

Mogłaby przeklinać jego imię z każdą kroplą, która spadała z niebios. A tych kropel spadało bez ustanku tak wiele!

Inna sprawa, która raniła ją do głębi duszy, to znamienny fakt, że jej ukochany kapitan nie wrócił. Ani nie znalazł sposobu, by nawiązać jakikolwiek kontakt. Minęły miesiące!

Byli w sobie tak zakochani. To był tak emocjonujący, radosny i ekscytujący czas w jej życiu.

Teraz głowę wypełniały jej wątpliwości, a myśli wirowały niczym wody Menai.

Skąd jej ojciec wiedział, że kapitan Tenby się z nią nie kontaktował? Ach, oczywiście! Ojciec czytał jej listy do mamy. Jako głowa rodziny miał do tego prawo. Gdyby wyszła za mąż za kapitana Tenby'ego, tata nie byłby już za nią odpowiedzialny ani nie czytałby jej korespondencji.

Gdyby tylko ta głupia oś się nie złamała!

Co za szokujący pech.

Oni *byli* w sobie zakochani. Rodzice po prostu tego nie rozumieli – i wciąż zdawali się nie rozumieć. Kapitan ją kochał. Był bohaterem z kontynentu. Nie żeby dokładnie wiedziała, czego dokonał – o takich rzeczach kobiety nie rozmawiały, bo nie musiały znać szczegółów wojny.

To wszystko było jednym wielkim, okropnym nieporozumieniem, podpowiadało jej serce. Walczyło to ze zdrowym rozsądkiem, który nie dawał jej spokoju i domagał się uwagi. Dlaczego Tenby się nie odezwał?

Ogarnęły ją niepokój i frustracja. Tenby *powinien* był już napisać.

Czyżby Rosstrevorowie przetrzymywali jego listy? Z jej obserwacji przy śniadaniu wynikało, że to lady Rosstrevor czytała przychodzącą korespondencję i rozdzielała ją między adresatów. Jego lordowska mość w ogóle nie wydawał się przejmować czytaniem.

List od jej ojca był nieczytany, kiedy go otrzymała. Pieczęć pękła czysto, a zagięcia były ostre. Żadnych śladów otwierania nad parą.

Sposób, w jaki rodzina zareagowała na wieść o wizycie księcia, również wydawał się autentyczny. Gdyby wcześniej przeczytali jej pocztę, organizowaliby dom, zanim by się obudziła.

To nie miało sensu. Jeśli Rosstrevorowie nie ingerowali w jej pocztę, a ona nie miała wieści od Tenby'ego, to może on wcale do niej nie napisał?

Wdepnęła w kałużę. A niech to!

Ścieżka prowadząca do mola, przy którym tłoczyło się kilka łodzi, była śliska i pełna błotnistych kałuż. O tej porze roku na łąkach powinny rosnąć polne kwiaty. Z powodu deszczu niewiele kwitło. Żonkile, z których słynie Walia, ledwo co się w tym roku pokazały. Nawet niezawodne irgi nie wypuszczały zbyt wielu pędów. W domu – och, jak to dawno było – ogrodnicy w ich letniej posiadłości gorzko narzekali na te właśnie rośliny. Z irg o małych zielonych listkach i kiściach czerwonych jagód powstawały piękne żywopłoty. Niestety, miały one zwyczaj energicznie rosnąć wszędzie tam, gdzie ptaki rozniosły nasiona jagód. Na grządkach z ziemniakami, w innych żywopłotach, nawet na podjeździe. Pozostawione bez nadzoru szybko stawały się nie do opanowania.

Przy molo Demeter znów zobaczyła brygadzistę. Skinął jej głową na powitanie, a ona mu odwdzięczyła się tym samym. Cóż za dogodny pretekst, by podejść do niego bliżej i sprawdzić, czy jego oczy mają ten sam kolor co oczy jej ukochanego.

Ku jej zdziwieniu, były w kolorze głębokiego orzecha. Będąc tak blisko, zganiła się w myślach za to, że w ogóle pomyślała, że jest on podobny do jej kapitana. Ten mężczyzna był nieco wyższy i szczuplejszy. Jego bujne brwi pasowały do niego, nadając mu władczy wygląd.

Brygadzista posłał jej kolejny uśmiech i, niech jej niebiosa pomogą, nie mogła powstrzymać uczucia ciepła, które od niego biło. Jakże musiała być spragniona towarzystwa, by pozwalać sobie na takie emocje?

Przerwał rozmowę z przewoźnikami i odwrócił się w jej stronę. „Panno Mellingham, czy ma pani nadzieję odwiedzić dziś wyspę?".

Czy powinna? Woda w cieśninie płynęła w tak zmiennych kierunkach, że bezpieczna przeprawa nigdy nie była gwarantowana. Jak mogłaby się przeprawić tak małą łódką?

Zamiast tego zapytała: „Jak długo, pana zdaniem, deszcz może się powstrzymać?", nie chcąc sprawiać wrażenia, że boi się odrobiny wody.

Przewoźnicy zachichotali; musieli usłyszeć jej pytanie.

Jakby w odpowiedzi, spadło kilka kropel i powierzchnia wody wkrótce się nimi pokryła. Zmarszczki rozchodziły się w coraz szerszych kręgach.

Brygadzista wzruszył ramionami i spojrzał w niebo. Ciemne wstęgi wypełniały nieboskłon, zwiastując nadciągające pasma deszczu. „I po wycieczce" – powiedział. „Najlepiej odprowadzę panią z powrotem do wielkiego domu. Podobno wkrótce mają przybyć dwa zwierzęta, specjalnie dla pani".

Demeter zatrzymała się na chwilę. „Wie pan o nich?".

„Tak, to wspaniała para. Dostałem wiadomość dziś rano. Dlatego byłem nad rzeką, żeby zorganizować dodatkową pomoc, na wypadek gdybyśmy jej potrzebowali" – odparł i wskazał, by szła przed nim. „Bardzo płochliwe stworzenia, jak mi powiedziano".

Wybuchnęła śmiechem, gdy dotarła do niej prawda. „A ja myślałam, że moi nowi podopieczni to ludzie, ale zdaje mi się, że mówi pan o inwentarzu".

„Oczywiście, że tak. Wątpię, by nasz deszcz przypadł im do gustu, skądkolwiek pochodzą".

Zdezorientowanie goniło zdezorientowanie. Demeter miała odpowiadać za zwierzęta, nie za ludzi. To... miało o wiele więcej sensu, teraz gdy o tym pomyślała. Ale jakiego rodzaju zwierzęta?

„Co to za zwierzęta i skąd pochodzą?" – zapytała Demeter.

Mężczyzna z chichotem odparł: „Gdybym powiedział, zepsułbym niespodziankę. Tak mało się tu dzieje, że niespodzianka jest warta czekania".

Gdy dotarli do podjazdu prowadzącego do Bangor Hall, przybył ogromny, kryty wóz. Wreszcie jakaś ekscytacja! Jej serce zabiło mocniej na myśl o możliwościach. Czy jej nowy podopieczny mógłby być kucykiem? To rozjaśniłoby jej ponure życie! Brygadzista pożegnał się z nią i pobiegł w kierunku wozu, aby pokierować ruchem ludzi i zwierząt.

Gdy podeszła bliżej, wóz wydał się znacznie większy, niż go zapamiętała. Może ten nowy podopieczny był czymś więcej niż kucykiem. Prawdziwym rumakiem bojowym – koniem, którego tylko ona mogłaby dosiadać, a którego nikt inny nie mógłby dotknąć. Tak, to byłoby to! Smukły, gniady ogier, który nie znosiłby nikogo oprócz niej, z jej miłymi dłońmi i delikatnym dotykiem. Miałby lśniącą sierść w tym samym kolorze co oczy brygadzisty.

Potrząsnęła głową, zastanawiając się, skąd, u licha, przyszła jej do głowy ta myśl. Przyspieszyła kroku i pobiegła w miejsce, gdzie gromadzili się ludzie.

Słychać było wiele krzyków. Brygadzista, którego imienia wciąż nie znała, kierował ludźmi, zachowując spokój w morzu ekscytacji.

Zbliżając się do wozu, zerwała kępkę trawy i trzymała ją w dłoni, żeby ogier mógł ją zjeść; ich pierwszy akt zaufania.

Ku wielkiemu zaskoczeniu Demeter, zwierzę, które w końcu na nią spojrzało, wcale nie było lśniącym ogierem, lecz małą, rogatą antylopą.

Miała płowy grzbiet, w większości biały tułów w kształcie beczki i wyraziste, ciemnobrązowe pasy wzdłuż boków.

Zrobiło niepewny krok w jej stronę na najcieńszych nóżkach, jakie kiedykolwiek widziała. Jego nozdrza wciągały powietrze w pobliżu jej wyciągniętej dłoni.

Demeter nigdy nie widziała czegoś podobnego. Mógłby to być jeleń, ale jego rogi były o wiele za długie i... spiralnie zakręcały się do tyłu, trochę jak u kozy.

Zrobiła sobie szybką notatkę, by nigdy nie podchodzić do niego od tyłu; w przeciwnym razie ryzykowałaby nabicie na rogi.

Ciało zwierzęcia było całkowicie nieproporcjonalne w stosunku do wszystkiego, co widziała wcześniej. Jego tułów był zaokrąglony i pokryty, jak miała nadzieję, miękkim futrem. Czy pozwoliłoby jej się pogłaskać? Ale jego nogi były tak cienkie! Poniżej kolan nie mogłyby utrzymać w pionie ciała jelenia – czy cokolwiek to było.

„Jak się nazywa?" – zapytała głośno Demeter, do nikogo w szczególności.

Jeden z robotników krzyknął: „Nazywa się Elizabeth".

To rozbawiło ludzi.

„Bardzo śmieszne, ale co to za zwierzę?" – zawołała Demeter, a potem zwróciła się do bestii: „Witaj, Elizabeth. Miło mi cię poznać. Proszę, weź trochę trawy".

Brygadzista powiedział: „To skocznik antylopi".

Skocznik antylopi. Nigdy nie słyszała o takim stworzeniu. Czy to mogło być zwierzę gdzieś z Azji? A może egzotyczny gatunek z Australii? Czytała o nich jakiś czas temu. Ich proporcje wymykały się wyobrażeniom!

Ale to stworzenie było jak najbardziej prawdziwe i stało przed nią.

Jego wielkie uszy i mały nos drgały od nieznanych dźwięków i zapachów niesionych przez wiatr. Ciało małego stworzenia na chwilę zadrżało. Biedactwo, musiało marznąć.

Może nie był to dziki ogier, jakiego sobie wyobraziła, ale z pewnością było to dzikie zwierzę. Wszyscy inni zdawali się go bać, ale bojaźliwe stworzenie pociągnęło nosem i zrobiło niepewny krok w kierunku Demeter. Jakby samą siłą woli Demeter trzymała rękę nieruchomo, zdeterminowana, by nie zadrżeć. Ramię bolało ją od wysiłku utrzymania stałości. Jej dłoń równie dobrze mogłaby trzymać ciężki worek mąki co kilka źdźbeł trawy, taki to był wysiłek.

Wiatr zakręcił i zmienił kierunek. Nos małej antylopy drgnął na nowe zapachy.

„Wszystko w porządku, maleństwo" – powiedziała Demeter, jakby bestia mogła ją zrozumieć. Może gdyby mówiła do niej w... o rany, w jakim języku byłaby przyzwyczajona słyszeć?

Zwierzę nagle gwałtownie uskoczyło w prawo i z niesamowitą prędkością uciekło.

Oszołomiona Demeter stała przez chwilę, po czym potrząsnęła głową i rzuciła się w pogoń. Reszta mężczyzn szybko ją wyprzedziła, ale nawet oni nie byli wystarczająco szybcy!

Brygadzista, który był w pobliżu, stawiał ogromne kroki, ale nie mógł mu dorównać. Czy to stworzenie miało ukrytą parę skrzydeł?

Demeter przestała biec i sapała, łapiąc oddech. „Wróć!" – krzyknęła.

Cienkie nogi zwierzęcia z pewnością były silne. W ciągu kilku sekund było już daleko poza zasięgiem ścigających.

Demeter krzyknęła: „Ucieka!".

Robotnicy zwalniali i jeden po drugim rezygnowali z pościgu. Po prostu nie miało to już sensu; skocznik był już zbyt daleko i był zbyt szybki.

Stworzenie było dzikie i dziwne, miało tak piękne brązowe oczy z najwspanialszymi rzęsami. I elegancką szyję, której nie zdążyła docenić.

Brygadzista potrząsnął głową, wracając do Demeter. Podniósł swój kapelusz, który zdmuchnął mu wiatr podczas pościgu, i strzepnął krople deszczu, zanim włożył go z powrotem na głowę. „Przypuszczam, że kiedy jest się przyzwyczajonym do bycia ściganym przez lamparty i tym podobne, wyrabia się niezły sprint. Biedactwo musi być przerażone w tym zimnym, mokrym miejscu".

„Lamparty ścigają skoczniki?" – Demeter słyszała o lampartach. „Czy to znaczy, że pochodzi z Afryki?".

„Owszem. Z Kolonii Przylądkowej".

„O rany, jest daleko od domu. Biedactwo musi strasznie

tęsknić za rodziną" – powiedziała Demeter, myśląc o tym, jak bardzo tęskniła za własną.

Zamiast melancholijnej nostalgii, Demeter zaczęła odczuwać pierwsze lodowate ukłucia strachu. To miało być jej zwierzę, którym miała się opiekować w imieniu księcia regenta. Aby udowodnić, że jest odpowiedzialna, rzetelna i… och, wszystko to, na czym zależało jej ojcu.

To, które książę miał przyjechać i sprawdzić.

Ale to, co naprawdę najbardziej zabolało Demeter, to jej duma. Stworzenie nie zaufało jej ponad wszystkimi innymi, jak miała nadzieję. Nie zjadło z jej dłoni; nie stało się jej pupilem.

Brygadzista westchnął i powiedział: „Proszę się nie martwić, panno. Trzyma go w środku sześciostopowy żywopłot i wielkie bramy z przodu. Daleko nie ucieknie".

Kilku robotników wciąż go ścigało, ale na tym etapie był to bardziej leniwy trucht niż bezpośredni pościg, gdyż dopadło ich zmęczenie. Przed nimi majaczył żywopłot. Skocznik wkrótce musiał zdać sobie sprawę, że jest ogrodzony.

Demeter ponagliła brygadzistę: „Proszę odwołać swoich ludzi, panie… przepraszam, nie znam jeszcze pańskiego nazwiska".

„Alwyn".

„Panie Allen, nie chcę, żeby ją przestraszyli. Wszystko będzie dobrze, gdy pozna teren. Nie chcę, żeby umarła ze strachu".

Brygadzista skinął głową Demeter i krzyknął do swoich ludzi: „Zostawcie go, nie chcemy go zamęczyć biegiem". Potem zwrócił się do Demeter, a wilgotny lok opadł mu na czoło: „Lloyd *Alwyn*, do usług".

„Och, przepraszam, źle usłyszałam w tym zgiełku. Panie Alwyn".

Mężczyźni w pobliżu zwierzęcia musieli nie usłyszeć jego prośby o zaprzestanie pościgu, albo go ignorowali. Jeden z nich rzucił się na stworzenie.

Wymknęło się z jego uścisku i ruszyło w stronę żywopłotu. Głuptas musiał być zaślepiony paniką. Gałęzie były o wiele za gęste; nie przedrze się przez…

Nie *przedarło* się.

Zamiast tego skoczyło w powietrze i przeskoczyło wysoki żywopłot z zapasem. W powietrzu białe podbrzusze stworzenia ostro kontrastowało z szarym niebem.

Demeter westchnęła z podziwu dla sprawności fizycznej zwierzęcia.

Pan Alwyn zaklął pod nosem.

Robotnicy kopnęli ziemię i również zaklęli.

Demeter w końcu powiedziała: „Miał pan rację, to jednak był on".

Pan Alwyn z frustracją uderzył kapeluszem o udo. „Teraz rozumiem, dlaczego nazywają je *skocznikami*".

Ale Demeter już to nie obchodziło. Stworzenie zniknęło z pola widzenia. Zwierzę, za które była odpowiedzialna. Jak, u licha, komukolwiek udało się je schwytać, skoro potrafiło tak skakać?

Co więcej. Jak, na litość boską, miała wytłumaczyć tę katastrofę księciu regentowi?

ROZDZIAŁ 3

N ie po raz pierwszy podpułkownik w stanie spoczynku, Lloyd Alwyn, zastanawiał się, czy kiedykolwiek przystosuje się do życia poza wojskiem. Gdy był w armii, rozumiał zasady. Tak jak wszyscy inni. Codzienne życie w służbie miało w sobie pewną logikę, która dawała poczucie bezpieczeństwa. Na przykład, gdy rozkazało się komuś przestać biec, to ten ktoś *przestawał* biec.

Natychmiast.

Niestety, wydarzenia tego poranka pokazały mu, jak diametralnie odmienne potrafi być życie pozbawione wojskowego drylu. Na jego oczach parobkowie i stajenni zupełnie zignorowali jego polecenia.

Co więcej, zdawało się, że chaos sprawiał im przyjemność, co tylko wprawiło go w jeszcze większe zdumienie. Sromotnie polegli w próbie poskromienia springbucka, a teraz śmiali się sami z siebie, świętując własną nieudolność.

Czyżby nie rozu…

Przerwał własne myśli. Już miał w duchu zganić

mężczyzn za to, że nie rozumieją, jak ważny był ten spring-buck. Jednak nie było mowy, żeby o tym wiedzieli.

W wojsku nie miało znaczenia, czy wiedziałeś, *dlaczego* kazano ci coś zrobić (lub tego zaprzestać). Liczyło się tylko to, że ktoś wyżej w hierarchii podjął decyzję, a wszyscy pod nim mieli ją wykonać.

Tak proste zasady zapewniały pewność i porządek. Właśnie tego potrzebował po miłosnym zawodzie. Nie żeby kiedykolwiek przyznał, że uciekł do wojska, ponieważ odrzuciła go kobieta. Co to, to nie.

Nie. Życie z porządkiem było po prostu lepsze.

Nawet gdy na polu bitwy panował chaos, wciąż istniał porządek.

Odwrócił się do kobiety, która, ku jego zdziwieniu, nie wpadła w histerię. „Panno Mellingham, zanim dotrą do nas ci hałaśliwi młodzieńcy, powinniśmy sprawdzić drugiego springbucka".

Jej usta ułożyły się w rozkosznie rozpraszające „o", zanim odparła: „Jest jeszcze jeden? W takim razie zróbmy to".

„Jakaż miła kobieta" – pomyślał.

Gdy zajrzeli do drugiego zwierzęcia, okazało się ono tej samej wielkości co pierwsze, lecz miało węższe i cieńsze rogi.

Panna Mellingham powiedziała: „Zróbmy z uprzęży coś na kształt wodzy".

„Znakomity pomysł" – ochoczo się zgodził. Jeśli to zwierzę skoczy wysoko jak jego towarzysz, ktokolwiek będzie trzymał wodze, powinien utrzymać je bezpiecznie na ziemi.

Upewniwszy się, że łania jest bezpiecznie zamknięta, poszli razem do stajni w poszukiwaniu sprzętu.

Panna Mellingham oparła dłonie na biodrach, rozglądając się wokół. „Nie chcę pana martwić, panie Alwyn, ale

Książę Regent planuje wizytę, by sprawdzić swoich podopiecznych. Już straciłam jednego, drugiego nie spuszczę z oka".

Książę Regent?

Tutaj?

Czas się skupić! Zaczął instruować powracających stajennych, by znaleźli najmniejsze sprzączki i najcieńsze skóry. Tym razem posłuchali go i rzucili się do pracy. W ciągu godziny mieli uprząż, którą mogli założyć na pozostałego springbucka, aby powstrzymać go przed brykaniem.

Teraz trzeba było założyć to ustrojstwo na płochliwe stworzenie, tak by nie poszybowało w niebiosa.

Panna Mellingham wyciągnęła dłonie po rzemienie. „Sądzę, że najlepiej będzie, jeśli to ja wejdę do wozu ze springbuckiem… czy raczej łanią… i założę uprząż".

Jeden z chłopców przerwał, z twarzą bladą z niepokoju. „Panienko, myślę, że któryś z nas powinien to zrobić. Zwierzę mogłoby panienkę zranić".

Panna Mellingham wciągnęła powoli powietrze i zrobiła wielkie oczy. Przypomniało to Lloydowi kota, który stroszy futro, by wydawać się większym.

Niskim głosem powiedziała: „Biorąc pod uwagę, jak spłoszyliście tamtego, uważam, że jestem najlepiej do tego przygotowana".

Lloyd musiał zacisnąć usta, by nie wybuchnąć śmiechem. Chłopcy i mężczyźni cofnęli się, okazując jej najwyższy szacunek. Jemu samemu nie zaszkodziłaby odrobina takiego respektu.

Gdy panna Mellingham ruszyła w stronę wozu, odwrócił się do robotników i rzekł: „Dobrze, chłopcy". Aż zdumiewające, jak jego „dowódczy" ton sprawił, że skupili na nim uwagę. „W lipcu odwiedzi nas znamienity gość. Nie mamy czasu na sprzeczki. Te stajnie muszą lśnić czystością, ani jedno źdźbło słomy nie może leżeć nie na swoim miejscu przed jego przybyciem".

Mężczyźni stali i patrzyli na niego.

„No, do roboty!" – ponaglił.

Odwrócili się na pięcie i weszli do boksów, zabierając się za sprzątanie. Cóż, te boksy ledwo pozostaną czyste przez godzinę, nie mówiąc już o kolejnym miesiącu, ale przynajmniej coś robili.

Najmłodszy stajenny odwrócił się do niego i zapytał: „Kto przyjeżdża, panie Alwyn?".

Kwestionowanie rozkazu? Gdyby ten chłopak zachował się tak na Półwyspie, zostałby bezceremonialnie odprawiony.

Ale nie byli już w armii i wyglądało na to, że ludzie potrzebowali powodu, by robić to, co im kazano.

A niech będzie.

„Nikt inny jak sam Książę Regent, który przybędzie z wizytą, by sprawdzić postępy *dwóch* springbucków dostarczonych tu dzisiaj. Stajnie muszą być nie tylko nieskazitelne, ale książę zauważy też, że jednego z nich brakuje. Pierwsza osoba, która bezpiecznie sprowadzi go do domu, otrzyma pozwolenie na osobiste spotkanie z księciem".

Zapadła osłupiała cisza.

Po chwili mężczyźni wybuchnęli niekontrolowanym śmiechem. Ich zduszone komentarze zlały się w jedno.

„Co za żart!"

„Tutaj?"

„Książę Regent?!"

Dołączył się kolejny głos. To panna Mellingham wróciła

do stajni, prowadząc płochliwego springbucka w zrobionej przez nich uprzęży. „Proszę o ciszę, bo ją wystraszycie".

Jak jeden mąż, umilkli. Cienkie nogi stworzenia zastukały o kamienną posadzkę. Jego długie uszy poruszały się w przód i w tył. Panna Mellingham wyciągnęła w jego stronę garść miękkiej trawy. Łania skubnęła kilka delikatnych źdźbeł, a potem energicznie je przeżuła.

Po raz kolejny zdawała się mieć całkowitą władzę nad innymi. Gdzie, u licha, się tego nauczyła?

Mężczyźni znów zabrali się do sprzątania stajni. Niedawne wydarzenia podpowiadały, że drewniane ściany sięgające do ramion raczej nie zatrzymają springbucka. Jednak gdy zamknięto wielkie wrota stodoły, Lloyd był dość pewien, że zwierzę nie ucieknie.

Chyba że to stworzenie potrafiło przeskoczyć przez dach.

Jeden z chłopców trącił łokciem sąsiada i zawołał: „Och, panienko? Wiedziała panienka, że odwiedzi nas Książę Regent?".

Panna Mellingham przymocowała uprząż łani do haka na ścianie i zamknęła ją w boksie. Następnie odwróciła się do nich i rzekła: „Owszem. Mój ojciec napisał o tym w ostatnim liście do mnie. Potem poinformowałam ich lordowskie mości o tej nowinie. Właśnie dziś rano wysłałam ojcu wiadomość z prośbą o więcej informacji. Samiec i łania to dary od Jego Wysokości, a on osobiście przybędzie, by sprawdzić ich postępy".

Gdy to przekazała, zbladli na twarzach. Lloyd znów musiał zacisnąć wargi, żeby powstrzymać śmiech. Jemu nie uwierzyli, gdy powiedział to zaledwie chwilę wcześniej. Kilka surowych słów od niej i wyglądali, jakby mieli zaraz zemdleć!

Na szczęście nie zemdleli. Zamiast tego jeden z robotników powiedział: „W takim razie proponuję, żebyśmy doprowadzili to miejsce do… eee…". Spojrzał na Lloyda. „Połysku. Zgadza się?".

Lloyd skinął głową i uśmiechnął się w duchu na myśl o zdolności panny Mellingham do trzymania tych nicponi w ryzach. Mógłby się od niej wiele nauczyć.

A jeśli miał być ze sobą całkowicie szczery, musiał też wyciągnąć wnioski ze swojego błędu z przeszłości i nie ociągać się, jeśli chodziło o sprawy sercowe.

ROZDZIAŁ 4

K olejny dzień, kolejne ciężkie, szare niebo pełne deszczu. Demeter była w sadzie i właśnie dotarło do niej, że to niezbyt mądre miejsce, by pozostać suchą. Drzewa nie chroniły jej tak jak potężny stary dąb przy bramie wjazdowej, który zapewniał schronienie zarówno w słońcu, jak i w deszczu.

Gałęzie były tak obciążone wodą, że każdy ruch sprawiał, iż spadał jej na głowę dodatkowy prysznic.

Oglądała gałęzie w poszukiwaniu pąków, które powinny już wyciągać się ku słońcu. Niestety, gałęzie miały tylko liście; żadnych kwiatów ani zawiązków owoców.

Ogrodnicy wiedzieliby lepiej niż ona, ale była pewna, że małe jabłka i gruszki powinny być już widoczne. Lepiej, żeby się pospieszyły, jeśli miały być gotowe na jesienne zbiory.

Niosąc gałązki do stajni, zachowała szczególną ostrożność, otwierając małe boczne wejście. Oczywiście żadnych gwałtownych ruchów. To mogłoby przestraszyć zarówno konie, jak i jej młode zwierzątko. Upewniła się również, że nie otwiera drzwi zbyt szeroko, na wypadek gdyby stworzenie uciekło. Gdy tylko się przecisnęła, dopilnowała, żeby drzwi były za nią dobrze zamknięte.

Stajenni byli tu w dużej liczbie, sprzątając i porządkując wszystko. Nie zdziwiło jej, że tak wielu ich tu zastała; w stajniach było sucho i ciepło, w przeciwieństwie do pracy na podwórzu.

Łania stała na straży w swoim boksie; uszy miała postawione, a nozdrza jej drgały. Demeter żal się zrobiło uroczego stworzenia. „Tak, kochanie, wszystko jest bardzo dziwne i nowe".

Wysunęła zielone liście, a łania powąchała powietrze. Nie wydawała się głodna. W ściennym koszu znajdowała się wiązka świeżej, suchej paszy, więc nie umarłaby z głodu.

Czym właściwie żywiły się te stworzenia?

Poryw wiatru poprzedził kolejny gwałtowny opad deszczu bębniącego o dach. Pan Alwyn również był w stajni. Podszedł do boksu i powiedział: „Powinnaś iść do kuchni się rozgrzać. Nie będziesz w stanie się nią zająć, jeśli się przeziębisz".

Cóż za troskliwy mężczyzna.

Jeden ze stajennych podszedł i zapytał: „Czy będzie panienka jeszcze czegoś potrzebować?".

„Tak, potrzebuję kogoś, kto zostanie tu na noc, na wypadek gdyby wołała swojego towarzysza, który gdzieś tam jest". A potem, dla pewności, dodała: „Biedne zwierzę".

Stajenny przyjął jej łagodną reprymendę i powiedział: „Oczywiście, panienko. Zwykle kilku z nas jest na stryszku", wskazał antresolę, gdzie w schludnych stosach leżały bele słomy. „Dopilnuję, żebym był jednym z nich".

„Dziękuję" – powiedziała, wdzięczna, że łania nie zostanie sama. Nawet z końmi dla towarzystwa, były one w porównaniu z nią ogromne i mogłyby ją przestraszyć.

„Zastanawiam się, czy nie powinnam wstawić tu łóżka polowego, żebym mogła zostać na noc i dotrzymać jej towarzystwa?".

„Mogę zostać z nią całą noc, panienko, jeśli trzeba. Jestem przyzwyczajony do spania byle gdzie. Panienka powinna zostać w dużym domu, w porządnym łóżku. Nie pozwolę, żeby coś jej się stało. Dopilnuję tego".

Pan Alwyn wtrącił: „Dobry chłopak".

Chłopiec rozjaśnił całą stodołę swoim uśmiechem i powiedział: „Wszyscy mówią na mnie Roberts".

Demeter poczuła ulgę na widok jego entuzjazmu, że został wyróżniony. Wtedy z jej żołądka dobiegło głośne burczenie.

Pan Alwyn zapytał: „Czy jadłaś dzisiaj w ogóle?".

Teraz, gdy o tym pomyślała, doszła do wniosku, że nie. Od chwili, gdy obudziła się tego ranka, nie myślała o niczym innym jak o skoczku i o tym, jak sprowadzić z powrotem samca.

Pan Alwyn wyprowadził ją ze stajni. Droga do kuchni była istną przeprawą przez kałuże. Stopy Demeter bolały z zimna, gdy woda przesiąkała przez szwy jej butów. Pan Alwyn ją wyprzedził i otworzył drzwi do kuchni, zanim do nich dotarła. Co za troskliwy mężczyzna.

Gdy tylko oboje znaleźli się w środku, zamknął porządnie drzwi i wskazał jej, by usiadła na najbliższym krześle przy piecach. Aromat pieczonego chleba wprawił ją w doskonały nastrój. Jej żołądek wydał z siebie kolejną serię dźwięków. Z zażenowania, jak agresywnie zabrzmiały, poczuła gorąco na twarzy.

Pan Alwyn powiedział: „Świeży chleb z odrobiną sera i pikli szybko postawi cię na nogi".

Na hakach do garnków wisiało mnóstwo kurtek i szali, nasycając powietrze wilgocią. Demeter nie spodziewała się zobaczyć tu tylu części garderoby. Dopiero po kilku minutach zrozumiała, dlaczego kuchnia służyła również za pralnię. Przy tak obfitych deszczach ubrania na sznurach wracały bardziej mokre, niż gdy je wieszano.

Garnki ustawiono w wieże na pobliskim stoliku karcianym. Cienkie nogi stołu pod całym ciężarem naczyń kuchennych przypominały jej kształt łani skoczka – duże ciało na cienkich jak patyki nogach.

Było tu tak przyjemnie i ciepło. Jej rozpuszczone włosy zakręciły się, gdy zdjęła szal z szyi. Kiedy powiesiła go na haku nad piecem, krople wody z dramatycznym sykiem spadły na gorące płyty.

Do środka weszła pokojówka i zapytała, czy potrzebują herbaty. Demeter i pan Alwyn odpowiedzieli twierdząco w tym samym momencie.

„Napiszę znowu do ojca" – powiedziała do pana Alwyna. – „Teraz, kiedy łania jest bezpiecznie ulokowana w stajni. Może zawoła swojego przyjaciela, a on jej odpowie i ich..." – przerwała, zbierając myśli. – „Jaki właściwie dźwięk wydaje samiec skoczka?".

Pan Alwyn mrugnął i przez chwilę wyglądał na zdezorientowanego. „Nie mam bladego pojęcia!".

Gdy pokojówka wróciła z herbatą i prowiantem, Demeter poprosiła o przybory do pisania, aby móc poinformować ojca o postępach. Zaledwie wczoraj rano dała list państwu Rosstrevor, by przekazali go ojcu. Dziś napisałaby kolejny. Nie było czasu czekać na odpowiedź. To mogło potrwać tygodniami!

„Najdroższy Ojcze, podopieczni dotarli. To para skoczków antylopich. Są w doskonałym stanie".

Nie było sensu mówić mu, że jeden już uciekł. Miała nadzieję odzyskać go przed przybyciem księcia. Wtedy nikt nigdy nie musiałby się o tym dowiedzieć.

„Proszę, napisz mi wszystko, co wiesz o ich opiece i żywieniu. Pochodzą z Kolonii Przylądkowej i musi im być zimno. Tutejsza stodoła jest ciepła i sucha, a także dobrze zaopatrzona. Książę Regent będzie zachwycony, wiedząc, że są pod doskonałą opieką. Kiedy przybędzie?".

To powinno wystarczyć. Nie było sensu pisać długiego listu, skoro dotrze tak szybko po poprzednim. Znając jej ojca, mógł nie spieszyć się z odpowiedzią, która i tak byłaby krótka i pozbawiona szczegółów. Gdyby tylko pozwolił odpowiedzieć mamie.

ROZDZIAŁ 5

Drzwi do gabinetu Rosstrevorów stały otworem, więc Demeter weszła, śpiewnie wołając: „Puk, puk".

David Rosstrevor, markiz Caernarfonshire, siedział oparty na krześle z szerokim uśmiechem na twarzy. Jego świeżo poślubiona markiza i matka pochylały się nad papierami.

Cała trójka podniosła wzrok, gdy Demeter weszła do środka.

Markiz uśmiechnął się szeroko i zapytał: „Jak się miewa twoje egzotyczne stworzątko w stodole?".

„Ma się dobrze i skubnęła trochę siana. Na razie nie wygląda na to, żeby chciała pić. Zerwałam też trochę liści z jabłoni, ale żadnego nie zjadła, przynajmniej nie wtedy, gdy patrzyłam. Może potrzebuje prywatności, żeby jeść?".

Markiz westchnął i zapytał: „Czy na tych drzewach rosły jakieś jabłka?".

„Nie widziałam żadnych. Upewniłam się jednak, że gałąź, którą zerwałam, nie miała owoców. Pan Alwyn jest teraz na zewnątrz i ogląda sad".

Rosstrevor kiwnął głową i rzekł: „Pójdę i sam się temu przyjrzę, już za chwilę". Po czym ponownie napełnił filiżankę herbatą.

Może „już za chwilę" znaczyło w Walii coś innego? Lepiej nie dać się zwieść; przybyła tu w konkretnym celu. „Przyszłam sprawdzić, czy są dziś dla mnie jakieś listy, panie markizie i panie?".

Markiz spojrzał na obie panie i uniósł brew. Kobiety przybrały smutny wyraz twarzy i pokręciły głowami.

„Jesteście absolutnie pewni, że nic dla mnie nie ma? Na stole leży chyba całkiem sporo listów".

Markiza wstała zza biurka. „Przykro mi, że nie mamy lepszych wieści. Zwłaszcza że twój ojciec wspomina o wizycie księcia regenta. Same z zapartym tchem czekamy na odpowiedź na twój list. Ponieważ wysłałyśmy go dopiero wczoraj, może minąć dwa tygodnie, zanim dotrze do Bath. Możliwe, że odpowiedź od niego otrzymamy dopiero w czerwcu. Przekazujemy ci każdy list, który do ciebie przychodzi".

Chociaż Demeter bardzo nie chciała w to wierzyć, uwierzyła markizie na słowo. Jej usta zadrżały na myśl, że kapitan Tenby może już nigdy się nie odezwać.

Jakby czytając jej w myślach, markiza powiedziała: „Wyobrażam sobie, że pogoda wszystkich przygnębia".

Gdyby chodziło tylko o pogodę, być może nie byłaby tak melancholijna. „Mam kolejny list do ojca. Chcę go informować na bieżąco o losach jelonków".

Markiza położyła uspokajająco dłoń na ramieniu Demeter, biorąc od niej zaoferowany list. „Wyślemy go razem z resztą" – powiedziała i dołożyła go do stosu na stole.

Potem ta miła kobieta nadal była dla Demeter cudowna i uprzejma. „Rozumiem, że możesz czuć się tu samotna bez żadnego zajęcia. Chciałabyś pomóc markizie wdowie i mnie przy planowaniu obiadu? Przydałaby nam się pomoc".

Zanim się zorientowała, siedziała już przy ich biurku, głęboko zaangażowana w ustalanie, kto gdzie będzie siedział. Wydawali obiad dla wszystkich z okolicy. Powód nie był do końca jasny, ale nie wydawało się to mieć znaczenia. Obiad dawał im coś, na co mogli czekać, a tematem rozmowy bez wątpienia będzie książę regent.

Markiz wstał, delikatnie pocałował żonę w policzek, po czym powiedział coś po walijsku do jej brzucha i opuścił pokój. Demeter obliczyła w myślach, że „już za chwilę" oznaczało za około pięć minut.

Markiza wdowa zapytała: „A teraz, moja droga, gdzie chciałabyś usiąść?".

„Ach..." – Demeter poczuła narastający niepokój. – „Dlaczego miałabym siedzieć przy stole? Czy znam kogoś z gości?".

Z takim samym spokojem, z jakim mogłaby powiedzieć: „Znowu pada", markiza wdowa odparła: „Jesteś niezamężna, możesz poznać odpowiedniego dżentelmena i znaleźć z nim coś wspólnego. Ten tutaj jest mierniczym; krąży w górę i w dół cieśniny Menai, badając najlepsze miejsce na budowę mostu na wyspę Anglesey. Byłby interesujący, gdybyś chciała dowiedzieć się czegoś o budownictwie i tym podobnych". Potem wzięła kolejną winietkę i powiedziała: „A ten jest zarządcą w pobliskiej posiadłości, gdzie hodują owce i jęczmień".

Rzeczywistość dotarła do Demeter z pełną siłą i dziewczyna powiedziała: „Ten obiad ma na celu zapoznawanie ludzi... w celach matrymonialnych?".

Markiza wdowa kiwnęła głową. „Posiadanie celu w życiu daje głęboką satysfakcję. Świadomość, że pomagam ludziom w ich przyszłym życiu, jest czymś wspaniałym. Najwyższy czas, żebyśmy znalazły ci amanta".

„Ale…" – Demeter walczyła z chęcią ucieczki z pokoju. – „Jak pani wie, jestem już zajęta. Kapitan Tenby pośle po mnie, gdy tylko odpowiem na jego listy. Musiał do mnie napisać, być może na adres londyńskiego domu – to by wyjaśniało opóźnienie!". Wypowiadając te słowa, pragnęła, by okazały się prawdą.

Nic dziwnego, że nic do niej nie dotarło na to odludzie. Nie miał pojęcia, gdzie ona jest, a służba w londyńskim domu prawdopodobnie przesyłała wszystko do Bath, co najpewniej zajęło kilka tygodni, a potem jej ojciec… prawdopodobnie niszczył wszystko, co przyszło od Tenby'ego.

Markiza delikatnie pogładziła swój brzuch i odchyliła się nieco do tyłu. „Nie ma nic złego w przyjściu na obiad i zrównoważeniu liczby mężczyzn i kobiet przy stole. Twój ojciec poprosił nas, abyśmy się tobą zaopiekowali, dopóki sezony towarzyskie twoich sióstr się nie skończą. Uczestnictwo w obiedzie to nasz sposób na opiekę nad tobą. Nawiasem mówiąc, cudownie, że tu jesteś. To żadna uciążliwość mieć w domu jeszcze jedną uroczą osobę. Przykro mi tylko, że pogoda nie była dla ciebie łaskawsza. Słyszałam, że to piękna część świata, kiedy świeci słońce".

Demeter wzięła kilka oddechów, gorączkowo szukając w myślach powodu, by odmówić udziału w obiedzie.

Markiza wdowa powiedziała: „Gdyby Tenby tu był, oboje bylibyście zaproszeni. To nie tak, że przychodząc, okazałabyś się niewierna".

Demeter *chciała* pójść, choćby po to, żeby mieć na co czekać. Udział w wieczornej rozrywce na zaproszenie gospodarzy raczej nie wywołałby skandalu.

„Biedactwo" – powiedziała markiza wdowa, odsuwając krzesło i wstając. – „Potrzebujesz porządnego uścisku i chętnego słuchacza. Tak się składa, że mogę ci dać jedno i drugie".

Otuloną ciepłymi ramionami kobiety, ogarnął ją szloch. „A jeśli coś mu się stało i potrzebuje mojej pomocy?".

Uścisk markizy wdowy był balsamem życzliwości. „No już, już, wypłacz się".

„Tak bardzo za nim tęsknię. Nie wiem, gdzie jest, ale jego sytuacja musi być tragiczna, jeśli nie dał znaku życia".

„Tak, oczywiście" – powiedziała markiza wdowa. – „Znasz pisma Jamesa Howella? ‚Odległość czasem umacnia przyjaźń, a nieobecność ją osładza'. Strasznie tęsknię za moim mężem".

Demeter odsunęła się w szoku. „Prosi mnie pani, żebym zapomniała o kapitanie?".

Ręka miłej pani powędrowała do jej mostka. „Mój Boże, nie. Tak jak ja nigdy nie zapomnę mojego kochanego Garetha. Nasze okoliczności są bardzo różne, ale tęsknota za mężczyzną, który *nie może* wrócić, nie różni się tak bardzo od tęsknoty za tym, który *nie chce*".

To było dla Demeter za wiele. „Nie może pani mówić, że kapitan Tenby nie wróci".

Markiza wdowa wzruszyła ramionami i westchnęła cicho. „Minęło kilka miesięcy. Gdyby naprawdę zamierzał cię poślubić, już znalazłby na to sposób".

Zdrada zabolała. Jeszcze przed chwilą Demeter sądziła,

że znalazła przyjaciółki, które naprawdę rozumiały jej rozpacz.

Musiała wyjść, zanim powie coś niewybaczalnego. Ograniczyła się do stwierdzenia: „Muszę sprawdzić, co z sarną".

ROZDZIAŁ 6

W stajni Demeter stawała się coraz bardziej niespokojna. Wiosenna łania zdawała się mieć dobrze, ale wciąż nie była zainteresowana piciem. Przynajmniej nie na oczach świadków.

Demeter złożyła dłonie w miseczkę, napełniła je wodą i podsunęła pod pysk łani. Płochliwe stworzenie powąchało jej dłonie, ale poza tym nie okazywało zainteresowania.

– Musisz pić – powiedziała. – Wiem, że wszędzie jest mokro, ale musisz napić się wody, inaczej całkiem wyschniesz.

W stajni rozległ się miły, znajomy głos:

– Wygląda na zdrową, choć trochę płochliwą.

Odwróciła się i zobaczyła w drzwiach pana Alwyna z cienką uprzężą w dłoniach.

Na widok jego przyjaznej twarzy zrobiło jej się lżej na sercu.

– Witaj, panie Alwyn.

Uniósł uprząż.

– Wprowadziłem kilka poprawek. Pomyślałem, że

mógłbym wziąć ją na spacer i zobaczyć, czy jej kawaler nie kręci się gdzieś w pobliżu.

Dlaczego sama na to nie wpadła?

– To rozsądny pomysł. Czy byłoby to... to znaczy, nie chciałabym przeszkadzać, ale czy mogłabym, ach...?

– Chciałaby pani do nas dołączyć?

Ciepło wypełniło jej serce.

– Dziękuję, tak. – Przy odrobinie szczęścia deszcz mógłby na chwilę odpuścić. – Może powinniśmy zabrać drugą uprząż? Może się przydać, jeśli byk wróci.

– To rozsądne. Mamy prawdziwe szczęście, że możemy liczyć na pani trzeźwy umysł – powiedział.

Komplement rozgrzał ją aż po czubki palców u nóg.

Chwilę później, z łanią solidnie przypiętą do uprzęży, ruszyli główną drogą w stronę miasteczka.

– Szkoda, że na czas pani wizyty trafiła się tak kiepska pogoda – odezwał się pan Alwyn.

– Wizyty? – powtórzyła bez zastanowienia Demeter. – Czy tak ludzie o tym mówią?

Odkaszlnął w dłoń i rzekł:

– Nie mam prawa pytać. Po prostu założyłem, że taki jest cel pani pobytu. Ale to w żadnym wypadku nie moja sprawa.

– Nie powinnam była tak szorstko odpowiadać – powiedziała Demeter, czując się winna, że tak pospiesznie się odezwała. – Pogoda sprawiła, że wszystko jest gorsze, niż powinno. Zostałam tu zesłana na czas, gdy moje siostry próbują znaleźć mężów. Jestem *persona non grata* i muszę usunąć się z drogi. Mam się tu nauczyć myśleć, zanim zacznę działać, gdyż moje poprzednie czyny bardzo zaszkodziły rodzinie. Czy to pana gorszy, panie Alwyn?

Zachichotał, a jego policzki poróżowiały.

– Troszeczkę. Mój problem polega na tym, że ja nie zabieram się do działania wystarczająco szybko!

– Ale służył pan w wojsku. Czy to nie wymaga szybkiego myślenia?

– Owszem, ale w inny sposób.

Szli dalej, spotykając po drodze ludzi, którzy zatrzymywali się, by pogawędzić o niezwykłym zwierzęciu.

Pani Williams była najbardziej zdumiona i zapytała ich:

– Czy to z tego powodu odwiedza nas książę?

– Wieści szybko się tu rozchodzą – wyrwało się Demeter.

– To prawda – odparła pani Williams. – Całe Bangor aż huczy od plotek, żeby dowiedzieć się czegoś więcej. Połowa mówi, że to musi być jakaś wymyślona bajka. Ale druga połowa twierdzi, że to musi być prawda, bo książę przysłał pani zwierzątko pod opiekę. Teraz, gdy sama widzę to stworzenie, wiem, że to prawda. A skoro zwierzę jest prawdziwe, to jedyną osobą, która mogłaby przysłać w te strony coś takiego, jest prawdopodobnie książę regent. Czyżby miał nas w końcu odwiedzić?

– Jeszcze nie potwierdziliśmy szczegółów – rzekł pan Alwyn – ale gdy tylko będziemy coś wiedzieć, od razu damy wszystkim znać.

Cała trójka zgodnie skinęła głowami.

– Słyszałam, że były dwa – odezwała się pani Williams – i że samiec uskoczył na wolność.

Pan Alwyn roześmiał się na te słowa.

– Pani Williams, nie da się pani oszukać. Rzeczywiście tak było. Mamy nadzieję, że ta łania złapie jego trop. Jeśli usłyszy pani dziwne odgłosy na polach, to może być ta dwójka nawołująca się nawzajem.

Pani Williams życzyła im powodzenia w znalezieniu byka.

– Miłego spaceru, teraz, gdy przestało padać.

Deszcz przestał padać. Dziwne, że Demeter tego nie zauważyła. Była tak skupiona na prowadzeniu łani, że zamiast na niebo, patrzyła na zwierzę. Swobodna rozmowa z panem Alwynem również stanowiła miłe odwrócenie uwagi.

Do Lloyda Alwyna dotarły pewne szepty na temat panny Mellingham, ale nie dawał im zbytniej wiary. Wydawało się jednak prawdą, że zesłano ją tu w jakiejś niesławie. Czy jej serce tęskniło za kimś innym? To było całkiem możliwe.

Bądź ze sobą szczery. Szukasz jej towarzystwa.

Dręczyło go znajome poczucie dawnej porażki. W młodości był zbyt powolny i przegapił swoją szansę u damy, która skradła mu serce. Czekał na odpowiedni moment, żeby coś powiedzieć, ale zanim zebrał się na odwagę, jej rodzina ogłosiła już zapowiedzi.

Jeśli pozostaną na drodze, będą ich rozpraszać napotkani ludzie. Będzie miał mniej okazji do rozmowy z panną Mellingham, a także o wiele mniejsze szanse na spotkanie wiosennego byka.

– Może zejdźmy z nią w dół, w stronę Menai? – zaproponował. – Na brzegach jest mnóstwo krzewów i wychodni skalnych, w których mógłby ukryć się jeleń.

– Dobry pomysł – odparła Demeter, po czym uśmiechnęła się z zakłopotaniem. – I może uchroni nas to przed spotkaniem kolejnych pań Williams.

Zachichotał z jej subtelnego żartu. Bez wątpienia pani Williams była już zajęta opowiadaniem wszystkim o tym, że widziała wiosenną łanię oraz ich dwoje.

Wiosenna łania kłusowała na swoich wrzecionowatych nogach przez zarośla, ledwo mocząc łydki w długiej, przemoczonej trawie.

Jego buty natomiast przemokły, podobnie jak dół jego długich spodni. Rąbek sukni Demeter również był ciemny od błota i wilgoci. Przynajmniej byli mokrzy tylko w okolicach stóp, co i tak było znacznie lepsze niż zwykle.

Wiatr wiał im łagodnie w twarze, ułatwiając dostrzeżenie tego, co było przed nimi.

Łania nagle podskoczyła w miejscu, po czym wydała z siebie dziwaczny okrzyk. Ku jego zdziwieniu Demeter zachowała zimną krew i mocno trzymała w rękawiczkach swój koniec uprzęży.

Rozsądna kobieta.

Następnie Demeter zapytała cichym głosem:

– Co się stało, maleńka?

Łania wydała z siebie kolejny zduszony okrzyk, który Lloydowi skojarzył się z czymś pomiędzy kozą a kotem. Zanim zdążył wyrazić swoje zdumienie, łania krzyknęła ponownie i skoczyła do przodu, pociągając za sobą Demeter.

Demeter starała się dotrzymać jej kroku. Lloyd puścił się w pogoń za nimi obiema. Trzeba jej było przyznać, że mocno trzymała linki i nie puściła ich. Łania próbowała wyrwać się do przodu, ale uprząż i Demeter trzymały ją pewnie. Po kolejnych trzydziestu sekundach szamotaniny i biegu łania zatrzymała się.

Zziajana i ciężko dysząca Demeter odwróciła się do Lloyda i uśmiechnęła promiennie.

Na ten porywający widok w jego głowie posypały się iskry.

– Widział go pan? – zapytała.

– Co widziałem?

– Byka!

Och, doprawdy. Był zbyt zajęty patrzeniem na Demeter, która próbowała dotrzymać kroku łani. I rzeczywiście, zaledwie kilka jardów przed nimi stał byk.

Odpowiedział łani przeszywającym uszy okrzykiem.

Demeter zaśmiała się z ich sukcesu w wytropieniu go.

Lloydowi ugięły się kolana, gdy zdał sobie sprawę, jak beznadziejnie zakochuje się w tej urzekającej młodej kobiecie.

ROZDZIAŁ 7

L loyd stanął jak wryty, gdy jego wzrok napotkał wzrok kozła skocznika po drugiej stronie trawy. Natychmiast odezwało się w nim dawne szkolenie, które przeszedł, pomagając przy polowaniach. Na ich wielkie szczęście wiatr wiał od strony ofiary, więc ta nie wyczuła ich nadejścia. Teraz jednak, gdy mogli się nawzajem zobaczyć, gorąco zapragnął mieć przy sobie kilka dobrych psów gończych, które pomogłyby w tej sytuacji.

Nie polowali jednak na jedzenie, a psy byłyby okropnie zdezorientowane, gdyby nie pozwolono im schwytać ofiary.

Każdym nerwem ciała błagał pannę Mellingham, by zachowała ciszę. Ku jego radości i zaskoczeniu, instynktownie wiedziała, że nie należy nic mówić. Może w poprzednich sezonach potajemnie brała udział w polowaniach? Nie było okazji, by zapytać o to wprost.

Zamiast tego opuściła się na ziemię i poluzowała linki na tyle, by łania skocznika mogła zrobić kilka kroków naprzód.

Poszedł za jej przykładem i usiadł w wilgotnej trawie. Nie widział już kozła, ale zadek łani drżał i podrygiwał tuż przy ziemi. Jej ogon machał w przód i w tył w zawrotnym tempie.

Odwróciwszy głowę w stronę panny Mellingham, zauważył, że ponownie poluzowała uścisk na linkach, dając łani więcej swobody, by mogła zbliżyć się do kozła.

Uśmiechnął się szeroko, mając nadzieję, że widzi, jak wielkie zrobiła na nim wrażenie. Podprowadzała łanię coraz bliżej, wciąż mając nad nią pełną kontrolę, delikatnie przesuwając linki w dłoniach, a jedną ręką zawsze mocno je trzymając. Koniec linek znajdował się gdzieś pod nią. Dopóki tam siedziała, łania nie mogła odejść daleko.

Trudno było teraz dostrzec łanię, ponieważ wysokie trawy osłaniały większość jej ciała.

Nagle kozioł z gracją, a zarazem dziwacznie, wyskoczył w powietrze. Jego nogi były podkulone, jakby… no cóż, jakby się popisywał.

Gdy to sobie uświadomił, poczuł, jak gorąco oblewa mu kark. Kozioł najprawdopodobniej popisywał się przed samicą. Lada chwila panna Mellingham zobaczy coś absolutnie nieodpowiedniego dla damy!

Gdyby ruszyli się ze swojej kryjówki, kozioł mógłby uciec.

Stworzenie podskakiwało i hasało, na moment ukazując się wysoko ponad trawą, po czym znów lądowało.

Ku jego zaskoczeniu, łania zaczęła wracać w stronę panny Mellingham, a ta z kolei, czując zmianę napięcia linek, zaczęła ją przyciągać.

Odwróciła się do Lloyda i szepnęła:

– Wracajmy.

Cicho i miarowo, by nie spłoszyć łani, podnieśli się zza traw i ruszyli z powrotem do stajni. Co kilka kroków zerkał za siebie, by sprawdzić, czy łania posłusznie idzie. Co za inteligentna kobieta z tej panny Mellingham, że w tak krótkim czasie zdobyła zaufanie łani.

Ściszyła głos i zapytała:

– Czy kozioł wciąż jest za nami?

– Jak najbardziej – potwierdził.

W pewnym momencie kozioł został nieco w tyle, ale Lloyd miał nadzieję, że jeśli utrzymają stałe tempo, łania zaprowadzi go do domu.

Panna Mellingham rzekła:

– Panie Alwyn, niech pan dotrze do stajni pierwszy i otworzy dla nas któreś z wrót. Wprowadzę łanię do środka, a kozioł może pójdzie za nią.

Piekielnie bystra kobieta, pomyślał.

– A my wtedy zamkniemy za nim wrota.

– Dokładnie. Cieszę się, że czyta mi pan w myślach – odparła.

Lloyd był wdzięczny, że ona nie potrafi czytać w jego.

To mogło się nie udać, a kozioł mógł znów się spłoszyć, ale kiedy Demeter wprowadzała łanię skocznika do niemal pustej stodoły, w której stało tylko kilka koni bezpiecznie zamkniętych w boksach, nie mogła oprzeć się wrażeniu, że najtrudniejsza część wabienia kozła została zakończona. Gdyby się przestraszył i uciekł, przynajmniej wiedziałby, gdzie jest łania, i być może dałoby się go zwabić z powrotem.

– Grzeczna dziewczynka – zagruchała, prowadząc łanię do jej zagrody i podsuwając jej gałązkę jabłoni. Nie marnując czasu, przywiązała linki do słupka i zostawiła łanię samą. Małe drzwiczki były uchylone i właśnie nimi się wymknęła. W ostatniej chwili obejrzała się i zobaczyła kozła stojącego w otwartych wrotach, wietrzącego i strzygącego uszami.

Na zewnątrz Demeter zastała resztę stajennych, którzy na nią czekali – i czekali na polecenia.

– Musicie być niezwykle cicho. Pozwólcie kozłu wejść i znaleźć łanię, a potem powoli zamknijcie wrota. Żadnych gwałtownych ruchów, jasne?

Kiwnęli głowami lub mruknęli ciche:

– Tak, panienko.

Pan Alwyn uśmiechnął się do niej promiennie i powiedział:

– Jest pani urodzoną przywódczynią.

Był to dziwny, a zarazem miły komplement, który napełnił Demeter satysfakcją.

– Dziękuję, ale jeszcze nie skończyliśmy.

Każda minuta ciągnęła się jak godzina, gdy stali z boku, czekając i obserwując kozła, który nerwowo krążył przy wejściu, ani nie wchodząc, ani nie uciekając. Wreszcie wszedł kilka kroków do środka. Mężczyźni wciąż wstrzymywali się z zamknięciem wrót. Posłuchali jej poleceń i nie płoszyli zwierzęcia.

Jakże odświeżające było mieć do czynienia z ludźmi, którzy jej słuchali!

Kilka napiętych minut później kozioł wszedł prosto do stodoły, a mężczyźni, tworząc żywy kordon, zamknęli wrota i uwięzili go.

Pan Alwyn podniósł cienką uprząż przeznaczoną dla kozła, na wypadek gdyby nadarzyła się okazja.

– Powinienem to pani dać. Ma pani największe szanse z nas wszystkich, by mu to założyć.

Skinęła głową, wzięła lekką uprząż i wróciła do stodoły przez małe drzwiczki. Pan Alwyn wszedł za nią i zabezpieczył je za sobą.

Znaleźli kozła tuż przy łani. Ku zakłopotaniu i zdumieniu Demeter, kozioł właśnie pokrywał samicę.

– O rety – rzekł pan Alwyn.

Demeter zrozumiała, że to okazja.

– Szybko, póki jest rozproszony.

Działając w milczeniu jak zgrany zespół, podkradli się z obu stron do będącego w rui kozła i prześlizgnęli pod nim uprząż. Próbował się wyrwać, ale Demeter przytrzymała jego rogi, dociskając je bokiem do swojego ciała, a pan Alwyn szybko uporał się z zapięciami.

Wtedy Demeter dostrzegła w podbrzuszu skocznika coś, czego absolutnie nie powinna była widzieć, i poczuła, jak całe jej ciało staje w płomieniach.

Nie mogła przestać wpatrywać się w tę wypukłość.

ROZDZIAŁ 8

25 MAJA 1816

Bangor Hall,

Szanowny Panie,

 Z największym szacunkiem pragnę się przedstawić, podpułkownik w stanie spoczynku Lloyd Alwyn. Zawarłem znajomość z Pańską córką, Demeter, i za Pańską zgodą pragnę ubiegać się o jej względy.

 Polecam markiza Caernarfonshire jako osobę, która może udzielić referencji, gdyż jestem na jego służbie.

 Z poważaniem,

 Alwyn.

Lloyd zalakował list i dał lokajowi monetę za fatygę. Pozostawała jeszcze kwestia serca panny Mellingham i tego, czy należało już do kogoś innego. Jeśli tak, nie było sensu kontynuować. Tym razem szczęście musiało mu wreszcie dopisać, prawda? W przeciwnym razie rozważy ponowny zaciąg. Gdzieś na pewno toczyła się jakaś wojna…

Demeter przepełniało poczucie triumfu po odzyskaniu młodego rogacza. Z upodobaniem powtarzała tę historię każdemu, kto zechciał jej słuchać choć przez pół minuty. Pomijała jednak fragment o tym, jak rogacz zaczął umizgiwać się do łani, gdy tylko znaleźli się w boksach. Ta część opowieści była już nie do opowiedzenia!

Markiza powiedziała do niej: „Jak miło znowu widzieć cię uśmiechniętą, moja droga. Wniosłaś mały promyk słońca w nasz ponury zakątek świata”.

Demeter z radością spędziła popołudnie, pomagając wdowie przy układaniu menu i rozsadzaniu gości.

Wdowa westchnęła, spoglądając na dostępne zapasy. „Mieliśmy nadzieję na więcej owoców, ale najlepsze, co możemy zdobyć, to rabarbar. Co dobrze komponuje się z rabarbarem?”.

„Zazwyczaj jabłka – odparła Demeter – chociaż nie są jeszcze dojrzałe. Może śliwki? Miód? Nie, chwileczkę, pasternak, ale pieczony w miodzie”.

„Genialne!”. Wdowa uścisnęła ją mocno. „Jestem ci niezmiernie wdzięczna, że pomagasz mojej skołatanej głowie!”.

Demeter spojrzała na wdowę i zastanowiła się, czy kobieta naprawdę jest tak stara, na jaką się kreuje. Z pewnością wyglądała na znacznie młodszą niż jej droga mama. To skierowało jej myśli na dawne tory dociekań. „Czy otrzymaliśmy jakieś listy od moich rodziców?".

„Zupełnie nic – odpowiedziała wdowa, bardziej zainteresowana przekładaniem karteczek z nazwiskami na planie wyimaginowanych stołów. – Z dworu też nie mamy żadnych wieści. Zaczynam się zastanawiać, czy twój ojciec się nie pomylił?".

Możliwe, ale przecież przybył młody rogacz i *tania*. Od kogo innego mogli pochodzić, jeśli nie od księcia regenta?

„Może to mój ojciec przysłał tu te zwierzęta, aby nałożyć na mnie jakąś odpowiedzialność. Powiedział, że muszę się wykazać, zanim pozwoli mi wrócić do domu".

Zastanawiały się razem i ponownie przeczytały ostatni list jej ojca, próbując dopasować to, co wiedziały na pewno, do tego, co napisał. Czyżby całkowicie źle zinterpretowały jego wiadomość? Fakt, że zwierzęta i ich cena zostały wspomniane dopiero pod sam koniec, sprawił, że Demeter zaczęła się zastanawiać, czy aby nie nadinterpretowały jego słów.

„Jedno jest pewne – rzekła Demeter. – Kolacja z pewnością się odbędzie, a jedna zamiana składnika w deserze raczej jej nie uratuje. Co jeszcze mamy?".

Wdowa westchnęła i odpowiedziała: „Mnóstwo ryb, prosto z Menai".

Obie zachichotały lekko z powodu braku urozmaicenia. „Jakie masz zioła?".

„Tych pod dostatkiem. Myślałam o zupie z pietruszki i ziemniaków jako jednym daniu, a jako drugim o ćwiartkach bulw kopru włoskiego gotowanych w mleku. Ale mamy więcej ryb i nie chcę ich łączyć, bo wtedy będzie mniej dań".

Planowanie trwało przez kilka radosnych godzin, aż

światło wpadające przez okna tak przygasło, że potrzebne były świece.

Gdy zegar wybił czwartą, wdowa zwróciła się do Demeter i powiedziała: „Muszę ci pogratulować. Trzy godziny planowania przyjęcia, a ty ani razu nie zapytałaś o swojego nieobecnego kapitana".

To ją zaskoczyło. „Naprawdę? Mój Boże".

„Doprawdy. Przy śniadaniu również nie pytałaś o żadną korespondencję. Czy to możliwe, że twoje serce leczy się po stracie?".

„Cóż, ja po prostu… To znaczy, ach, tak dobrze się bawiłam, że… – urwała, pozwalając myśli się rozmyć. – Czy to znaczy, że już go nie kocham? Czyżbym była aż tak niestała w uczuciach?".

Jej wzrok powędrował do planu rozsadzenia gości, gdzie dostrzegła nazwisko Alwyna.

Spojrzenie wdowy podążyło za jej wzrokiem. „Czyżby na scenę wkroczył nowy bohater?".

Na to odkrycie gorący rumieniec oblał szyję Demeter.

ROZDZIAŁ 9

1 CZERWCA 1816

Jeśli ktokolwiek zauważył brak urozmaicenia dań podczas kolacji, nikt się do tego nie przyznał – a przynajmniej nie tak, by Demeter to usłyszała.

Państwo Rosstrevor siedzieli razem u szczytu stołu, wyglądając na zrelaksowanych i szczęśliwych. Wszyscy zrozumieliby, gdyby lady Amelia nie zjawiła się na kolacji. Stawała się skandalicznie ogromna, a mimo to wciąż pokazywała się publicznie. Nie żeby Demeter miała o tym wielkie pojęcie. Pamiętała, jak bardzo tyły owce w letniej posiadłości jej rodziny i jak wesoło dreptały, choć były szersze niż wyższe. Były też koty mieszkające w stodole, które wciąż łapały myszy i szczury, nawet gdy ich brzuchy szorowały po ziemi.

– Panno Mellingham? – odezwał się głos za nią.

O rety, przegapiła wszystko, co mężczyzna obok niej powiedział przed tymi dwoma ostatnimi słowami. Poczucie winy na chwilę odebrało jej dech, ale szybko się pozbierała. – Strasznie przepraszam, nie dosłyszałam pytania.

– Nic nie szkodzi – odparł mężczyzna. Był nim baron Abergavenny. Demeter wiedziała, kim jest, jeszcze zanim zostali sobie formalnie przedstawieni. Umieściła jego nazwisko oraz nazwisko jego świeżo poślubionej baronowej na winietkach. Ponieważ niedawno wziął ślub, nie groziło jej z jego strony żadne uczuciowe uwikłanie. Jego żona była ciotką markizy i miała tu zostać tak długo, jak będzie to konieczne.

– Pan Alwyn twierdzi, że panna oczarowała dziką bestię tak, że poszła za panną do stodoły. Proszę opowiedzieć! – rzekł Abergavenny.

Miły dreszczyk dumy sprawił, że Demeter uniosła kąciki ust. Jakże miło było być znaną jako osoba, która potrafi oczarować egzotyczne zwierzęta, a nie jako głupia dziewczyna, która zrujnowała swoją rodzinę.

– To było całkiem ekscytujące przeżycie – odparła Demeter, z przyjemnością opowiadając historię nowej publiczności. – Mieliśmy szczęście znaleźć się pod wiatr od skocznika, więc byliśmy znacznie bliżej niż się spodziewaliśmy, gdy nasze spojrzenia się spotkały.

Kolacja okazała się o wiele swobodniejsza, niż Demeter się spodziewała. Wyglądało na to, że zasady rozmowy z osobą po lewej podczas jednego dania, a po prawej podczas drugiego, już nie obowiązywały. W ciągu kilku chwil odpowiadała na przyjazne pytania z lewej, prawej, a nawet po skosie. Zanim się zorientowała, przyciągnęła zachwyconą uwagę połowy stołu. Dzielenie się opowieścią z panem Alwynem wydało jej się naturalne. W końcu w dużej mierze przyczynił się on do schwytania zwierzęcia.

Alwyn dodał opowieści napięcia. Wszyscy wiedzieli, że

schwytali bestię, ale sposób, w jaki relacjonował wydarzenia, wprawił Demeter i resztę stołu w zachwyt.

— Musieli państwo widzieć pannę Mellingham, istną Dianę łowów. Zawsze o krok przed swoją zdobyczą — powiedział Alwyn.

Pochwała przyniosła jej ciche oklaski od wszystkich w pobliżu.

— Kiedy będę mogła zobaczyć te cudowne stworzenia? — spytała baronowa Abergavenny.

Demeter spojrzała na szczyt stołu i zauważyła, że gospodarze wymknęli się niepostrzeżenie. — Jestem pewna, że państwo Rosstrevor nie będą mieli nic przeciwko, jeśli pójdziemy zobaczyć zwierzęta teraz.

Alwyn rozszerzył zaproszenie na resztę gości, ponieważ jeszcze kilka osób chciało zobaczyć skoczniki.

W towarzystwie połowy domowników, w miarę suchą nogą, dotarli do stajni. Kałuże pełne wody wciąż stanowiły problem. Pan Alwyn pilnował drzwi stodoły, aby upewnić się, że samiec nie spróbuje kolejnej ucieczki, podczas gdy Demeter poprowadziła ludzi tam, gdzie samiec i samica były uwiązane w swoim schronieniu.

Ludzie stłoczyli się wokół i wydawali ciche westchnienia zachwytu, jak przystało na tak delikatne bestie. Jakby pod wpływem czaru rzuconego przez stworzenia, wszyscy pozostawali cisi i pełni szacunku.

Wkrótce posypały się pytania szeptem: „Czym się żywią?" i „Czy mogą ciągnąć bryczkę?".

Innym ulubionym pytaniem było: „Czy jest im zimno?", co do czego wszyscy się zgodzili, że jest to raczej oczywiste, ponieważ zdawały się drżeć.

Po pytaniu: „Skąd pochodzą?" padło następne: „Czy można je jeść?", na co Demeter aż sapnęła i odparła: – Z całą pewnością nie!

Demeter z przyjemnością udzielała odpowiedzi – o ile je znała – ale kompletnie zaniemówiła, gdy baron zapytał: – Kiedy przybywa książę regent?

ROZDZIAŁ 10

25 CZERWCA 1816

Bangor Hall
Północna Walia

Najdroższy Tato,

    Z trudem pojmuję, jak bardzo i jak szybko zmieniła się moja sytuacja. Dzięki przybyciu wiosennego kozła i łani od księcia regenta znalazłam się w centrum lokalnego zainteresowania. Nie obawiaj się, ojcze, nieznajomi przynoszą mi dobre wieści, a nie potępienie za jakiekolwiek domniemane przewinienia.

    To mogłoby w istocie odmienić opinię publiczną na temat naszej rodziny. Ty i Mama musicie przyjechać z wizytą – podobno mamy już lato i mam wielką nadzieję, że słońce w końcu się przebije. Trawa rośnie, ale niewiele więcej zdaje się mieć na to ochotę. Z pewnością wszystko, co do owocowania potrzebuje kwiatów, kompletnie zawiodło. Tak bardzo tęsknię za morelami! Dusimy pasternak z miodem i uda-

jemy, że to owoce. Mieszanie go z rabarbarem nieco pomaga. Ależ ja się ostatnio rozgaduję o uprawach! Stałam się całkiem wiejska.

Państwo Rosstrevorowie wysłali korespondencję do księcia regenta, by upewnić się, kiedy mógłby nas tu odwiedzić i sprawdzić stan swojej zwierzyny. Na ten moment nie otrzymaliśmy żadnej odpowiedzi. Zwierzęta są w doskonałym zdrowiu, chociaż zdaje się, że nie piją, co jest naprawdę niezwykłe. Aby upewnić się, że nie umrą z pragnienia, poleciłam stajennym, by przed włożeniem gałęzi jabłoni do boksów maczali je w wodzie. Gęsta, zielona trawa jest zawsze mokra, więc nie ma ryzyka, że wyschną.

Przypomina mi to powiedzenie: „Można przyprowadzić konia do wodopoju, ale nie można go zmusić, by pił". Do tego idiomu należy dodać również wiosenne kozły, ponieważ w ogóle nie wykazują zainteresowania swoim poidłem.

Co u Mamy i jak moje siostry radzą sobie podczas sezonu? Codziennie modlę się o dobre wieści, choćby dla nerwów Mamy (i pośrednio Twoich).

Twoja, Demeter

P.S. Jeśli będziecie mogli przyjechać, czy byłoby wielkim kłopotem przywiezienie owoców? Nie możemy ich znaleźć za żadne skarby, a pomyślałam, że skoro Bath jest tak dużym miastem, może tam jakieś będą?

Demeter posmarowała masłem kilka kromek grzanek i zjadła, popijając sowicie herbatą. Jeśli nadeszła do niej jakaś korespondencja, nie miała czasu o nią zapytać, a tym bardziej jej przeczytać. Ludzie już zbierali się w pobliżu stajni, by zobaczyć dziwne i niezwykłe zwierzęta.

Pan Alwyn spotkał się z nią przy drzwiach stajni i razem

witali przybyłych, którzy kręcili się wokół. Pan Alwyn powiedział: „Umieściliśmy przy bramie ogłoszenie, że zwiedzanie rozpoczyna się dopiero o ósmej, ale przybyli wcześniej z własnej woli".

Szybko licząc, Demeter doliczyła się dwudziestu trzech osób. Wszyscy naraz nie zmieszczą się w stajni. Kolejna grupka gości szła długim podjazdem, by dołączyć do reszty.

„Może powinniśmy przygotować bilety z wyznaczonymi godzinami, żeby nie przytłoczyć wiosennych kozłów?".

Pan Alwyn skinął głową i rzekł: „Dobry pomysł", po czym zwrócił się do zebranych. „Dziękujemy za przybycie. Otóż, te urocze stworzenia są płochliwe i nie chcemy ich straszyć ani krzywdzić. Panna Mellingham będzie wpuszczać po pięć osób, by je zobaczyć i...".

Zebrani goście naparli do przodu, by zbliżyć się do Demeter i niskich drzwi. „Proszę o spokój!" – błagała. „Dla wszystkich starczy czasu, jeśli tylko każdy będzie cierpliwy".

Jeden z gości powiedział: „Przyjechałem aż z Conwy". Inny dodał: „Czekam już godzinę!". Kolejny zrzędliwy mężczyzna rzekł: „Spędziłem wczorajszy dzień w drodze z Holyhead i o mało nie wpadłem w Swellies podczas przeprawy".

Panika utrudniała jej oddychanie. Historie, które opowiadali, odległości, jakie przebyli! Byli zrozumiale zmęczeni i niecierpliwi.

„Wyprowadźcie zwierzęta na zewnątrz, żebyśmy wszyscy mogli je zobaczyć" – zawołała jakaś kobieta.

Demeter odparła: „Nie możemy, uciekną i przeskoczą żywopłot".

„Przeskoczą żywopłot?" – niedowierzająco poskarżył się

mężczyzna z Holyhead. „Czy one mają sprężyny zamiast nóg czy co?".

„W zasadzie tak. To prawdopodobnie stąd wzięła się ich nazwa. A teraz" – dodała swojemu głosowi mocy – „wszyscy muszą zachować spokój. W pierwszej kolejności wybiorę pięć najcichszych osób i to je wprowadzę jako pierwsze".

Kątem oka dostrzegła, że pan Alwyn promienieje z dumy.

Musiała przyznać, że sama była z siebie w tej chwili całkiem zadowolona, ale widok jego aprobaty sprawił, że serce jej podskoczyło.

Na to żądanie tłum ucichł i przestał się kłócić. Mężczyzna z Holyhead zdjął kapelusz i z szacunkiem pochylił głowę. Dobrze, potrafił zachować się rozsądnie. Nie żeby miała pojęcie, gdzie leży Holyhead – równie dobrze mogło znajdować się na południe od Londynu, o ile jej było wiadomo – ale zdawał się okazywać szczerą skruchę.

Wybrała pięć osób, w tym mężczyznę z Holyhead, po czym wprowadziła je do cichej stajni i stanowczo zamknęła za sobą drzwi.

ROZDZIAŁ II

L loyd przybrał obojętny wyraz twarzy, wręczając służącemu monetę i przyjmując list. Gdy tylko upewnił się, że nikt go nie obserwuje, otworzył wiadomość.

Penrose House

Bath

10 czerwca

Szanowny Panie Alwyn,

Cóż za nowość, prosić o pozwolenie przed dopuszczeniem się skandalu, zamiast o przebaczenie po fakcie. Niechże Pan potraktuje to jako moją zgodę na zaloty do Demeter, jednakże jej matka i ja chcielibyśmy być obecni na ślubie, jeśli do niego dojdzie.

Z poważaniem,

Mellingham.

Otrzymanie pozytywnej – i tak szybkiej – odpowiedzi usunęło wszelkie przeszkody na jego drodze.

Teraz pozostało zaplanować kampanię, której celem było zdobycie jej serca.

Przez kilka następnych dni tłumy nie malały. Współpracując, Demeter i pan Alwyn opracowali system żetonów – oraz system czasowy – aby usprawnić wizyty i zapewnić dobrostan zwierząt.

Około pory lunchu w brzuchu Demeter zaburczało. Gdy odprowadzała kolejną grupę ze stajni, uderzył ją zapach świeżo pieczonego chleba.

Następna grupka gości, która właśnie przybyła, rozwiązała zagadkę – mieli ze sobą kosz paszteczików wieprzowych. Jakiś przedsiębiorczy kupiec z żoną zauważył wzmożony ruch i sprzedawał je z wozu przy głównej drodze.

Zmęczona całodziennym staniem, z ochrypłym od rozmów z tyloma nowymi ludźmi głosem, Demeter poprosiła dwóch stajennych, by przejęli jej obowiązki, aby sama mogła coś zjeść.

Jeden z chłopaków uśmiechnął się szeroko, przyjmując nowe zadanie. „Jeśli jest pani głodna, panienko, przy głównej bramie sprzedają paszteciki wieprzowe, a na molo mule”.

Na samą myśl pociekła jej ślinka. Odwróciła się do pana Alwyna i rzekła: „Zasługujesz na jedzenie i odpoczynek”.

„Mule brzmią jak świetny pomysł, daj mi chwilę”. Następnie skorzystał z pomocy kilku kolejnych stajennych, aby przejęli jego rolę utrzymywania porządku wśród gości.

Promienie słońca napełniły ducha Lloyda Alwyna, mimo że mżawka wciąż wirowała w powietrzu. Pomysł wozów z jedzeniem zasiał w jego głowie mnóstwo możliwości. Czy zdołałby odnaleźć kucharza polowego i namówić go do przygotowywania i sprzedaży jedzenia? Propozycja była jednak podchwytliwa. Musiało to być coś, co ludzie mogliby jeść rękami. Zaczął się zastanawiać, jak ludzie mają jeść mule i nie pobrudzić sobie ubrań. Naciągając kołnierz, by osłonić się przed wilgocią, pomyślał, czy nie powinni również sprzedawać parasoli.

Stragan z mulami na molo rozwiązał problem zastawy – używali małych metalowych miseczek, które przypominały mu wojskowe menażki. Aromaty dotarły do nich na długo przed tym, jak dołączyli do już uformowanej kolejki głodnych ludzi. Zanotował w pamięci, że Rosstrevorowie mogliby pozwolić kuchennej służbie sprzedawać również crempogi. Zawsze cieszyły się takim powodzeniem, i… och, ale dżemu brakowało, więc musiałyby być bez dodatków. Zupełnie się zapomniał i zdał sobie sprawę, że Rosstrevorowie zapewne powinni unikać jakiegokolwiek związku z handlem. Nie oznaczało to jednak, że służba nie mogłaby sobie trochę dorobić na boku.

Kolejka ruszyła i w końcu on i Demeter zapłacili za swoje miski z mulami i otrzymali je. Mżawka nie miała większego znaczenia, jako że stanęli pod dębem, który dawał nieco wytchnienia.

Jedzenie skorupiaków mogło być trudne dla niewtajemniczonych, ale sposób, w jaki Demeter delikatnie odłamała górną muszlę i zjadła małża z subtelnym siorbnięciem, dziwnie na niego podziałał.

Lepiej niech skoncentruje się na własnym jedzeniu, jako że w jego brzuchu zaburczało w oczekiwaniu.

Jedząc razem w miłym towarzystwie, szybko skończyli posiłek i wypili resztę bulionu, bogatego w pory i zioła.

„Mój Boże, mogłabym zjeść drugą miskę od razu" – powiedziała Demeter.

„Świetnie odnalazłabyś się w wojsku" – rzekł Lloyd. Sam był zdumiony, dlaczego to powiedział.

Demeter uśmiechnęła się szeroko, a między jej zębami tkwiła maleńka zielona plamka zioła. „Mam nadzieję, że to był komplement!".

W pośpiechu niemal potknął się o własny język. „Tak, oczywiście" – odparł. „Ach, i masz też małe, zielone…".

Wskazanie palcem na własne zęby powinno pomóc jej to znaleźć.

Znalazła. „Jakie to irytujące. Zrujnowało idealną chwilę" – powiedziała, odwracając się i usuwając drobinkę.

Desperacko nie chcąc patrzeć i czynić tej chwili jeszcze bardziej niezręczną, niż musiała być, Lloyd odwrócił własną miskę, by sprawdzić, czy na dnie nie ma żadnych oznaczeń producenta.

„A niech mnie!" – wykrzyknął. „Te miski *są* z wojskowych zapasów! Myślałem, że umysł płata mi figle".

Skoro tak, to naprawdę powinien odnaleźć starego kucharza wojskowego, bo ktoś już wpychał się na ten mały, lukratywny rynek. Uśmiechnął się, rozbawiony własną myślą.

Gdy Demeter odwróciła się z powrotem, wyciągnął rękę po jej miskę i muszle, by oddać je sprzedawcy.

Kolejka była dłuższa niż wcześniej, ponieważ ludzie schodzili ze stajni, a z drugiego brzegu cieśniny przybywało na molo więcej gości. Zaspokojenie potrzeb tak wielu klientów mogło przynieść korzyści wszystkim zainteresowanym.

Podał miski kobiecie mieszającej w wielkim garnku, a ona skinęła głową w podzięce za ich zwrot. Lloyd powiedział: „Były wyśmienite, dziękuję za ten wspaniały posiłek!".

Kobieta nieco się zaczerwieniła i odparła: „Ja tylko mieszam w garnku, ten, któremu chce pan podziękować, właśnie tu idzie z kolejną porcją muli".

Rzeczywiście, mężczyzna zaledwie o rok czy dwa młodszy od niego szedł od strony molo ze skrzynką muli tak świeżych, że wciąż kapała z nich morska woda.

„Jak mi Bóg miły" – powiedział Lloyd na jego widok.

Mężczyzna postawił skrzynkę, wyprostował się i zasalutował Lloydowi. „Kapralu Alwyn, sir!".

„Co za niewiarygodny zbieg okoliczności. Właśnie myślałem, że to przedsięwzięcie byłoby dla ciebie idealne. A tu, jak w banku, jesteś i ty".

W tym momencie podeszła do niego Demeter. Spojrzała na mężczyznę z mulami, lecz zamiast okazać zadowolenie z pysznego jedzenia, pobladła jak kamień.

Jedną rękę przycisnęła do piersi, łapiąc oddech. „Kapitanie Tenby? Co pan tu robi?".

Ku zdumieniu Lloyda, kucharz porzucił skrzynkę z mulami, pobiegł z powrotem na molo i wskoczył do łódki typu coracle.

Zaczął pilnie wiosłować, oddalając się w głąb wód, lecz okrągła, jednoosobowa łódka nie dawała się ponieść pośpiechowi.

Cóż u licha stało się temu człowiekowi? Wszyscy wiedzieli, że łódki coracle wymagają delikatnego operowania wiosłem, a nie brutalnej siły! Czyżby niczego się nie nauczył z lekcji Alwyna na temat życia w Walii?

ROZDZIAŁ 12

Demeter nie była w stanie myśleć.

Zbyt wiele niepojętych rzeczy wydarzyło się o wiele za szybko.

To był Tenby. Tego była pewna. Tenby – żywy, cały i zdrowy, i głęboko zaangażowany w handel żywnością. Tenby ją rozpoznał i wpadł w panikę.

Ale dlaczego? Czyż mężczyzna nie powinien się cieszyć na jej widok po tych wszystkich poszukiwaniach?

Zaledwie chwilę wcześniej Tenby zasalutował panu Alwynowi, więc musieli znać się z wojska. Chyba że jej kapitan Tenby miał brata bliźniaka, który również służył?

To wszystko miało najmniej sensu.

Tak jak przez ostatnie dni pełni entuzjazmu goście odwiedzający skoczki antylopie wystawiali na próbę jej cierpliwość, tak to ostatnie wydarzenie srodze doświadczyło temperament Demeter.

Być może jej kapitan był zażenowany – i w tej chwili powinien być, zważywszy na tak żałosne popisy wioślarskie.

Tam, na wodach cieśniny Menai, kapitan Tenby, odznaczony bohater wojenny, miotał się, kręcąc się w kółko jak bąk.

Był odznaczonym bohaterem wojennym, a teraz serwował jedzenie nad rzeką? Cóż za upadek z poprzedniej pozycji. Czy to dlatego był tak zażenowany? Czy wieść o ich niedoszłym małżeństwie dotarła do szerszej społeczności?

Do tej pory Demeter sądziła, że towarzystwo karze tylko kobiety, ale może Tenby również doświadczał gniewu społecznej dezaprobaty?

Gdy ona i pan Alwyn zbliżali się do pomostu, jej były konkurent kręcił się w coraz ciaśniejszych, przyprawiających o mdłości kółkach.

Pan Alwyn zapytał ją:

„Dlaczego nazwałaś go Tenby?".

W umyśle Demeter było już tak mało miejsca na kolejne niejasności, a jednak panu Alwynowi udało się dodać jeszcze odrobinę. Fala oburzenia oblała jej szyję i odparła:

„Nazwałam go Tenby, ponieważ tak się nazywa".

Zdezorientowany wyraz twarzy pana Alwyna sprawił, że lodowaty chłód ścisnął żołądek Demeter. Do jej całkowitego rozbicia dochodziło jeszcze to, że jednocześnie było jej gorąco i zimno.

Pan Alwyn potrząsnął głową i rzekł:

„To kucharz z czasów wojskowych. Gdy liczebność jego pułku zmalała, dokooptowaliśmy go do naszego. Wszyscy znali go jako Smitha. Czy Tenby to jego imię?".

Czy Demeter powinna zemdleć, czy może zwrócić treść żołądka? Siła w kolanach opuściła ją i musiała oprzeć się o słup przy pomoście, aby utrzymać się w pionie.

„Znam go jako kapitana Tenby'ego, ale zaczynam sądzić, że to mogło być kłamstwo".

Jeśli jego imię było kłamstwem, co jeszcze nim było? To, że ją kochał? Że byli sobie przeznaczeni?

Tymczasem mężczyzna, który tak pośpiesznie porwał ją do Gretna Green, w tej chwili wirował bez kontroli, podczas gdy prądy ciągnęły jego małą łódkę na południe.

„Był pewien Tenby" – powiedział pan Alwyn. – „Teraz kiedy o tym myślę. Zginął w bitwie". Jego głos ściszył się niemal do szeptu. „Tego dnia trzeba było napisać wiele listów do rodzin żołnierzy".

Ruch w kąciku jej oka przykuł uwagę, gdy kobieta mieszająca w kadzi z małżami podniosła opuszczoną przez Tenby'ego skrzynkę skorupiaków.

Ludzie zgromadzeni wokół pomostu zaczęli krzyczeć do mężczyzny w łodzi, próbując dawać mu wskazówki, jak lepiej sterować. Ktoś inny rzucił w jego stronę linę, ale ta nie sięgnęła celu.

W zgiełku pan Alwyn powiedział:

„Zemdlał".

„Słucham?".

Pan Alwyn zerwał się do działania. W mgnieniu oka zrzucił kapelusz i płaszcz, po czym popędził wzdłuż pomostu, krzycząc: „Z drogi!". Dobiegłszy do końca drewnianej konstrukcji, zanurkował w spienione wody.

Silnymi pociągnięciami popłynął z prądem w kierunku nieprzytomnego Tenby'ego.

Demeter podniosła jego kapelusz i płaszcz z mokrej trawy i trzymając je, biegła wzdłuż brzegu cieśniny, zerkając na nich, a jednocześnie uważając, by się nie potknąć.

Z sercem walącym jak młot, modliła się o siłę i wytrwałość dla pana Alwyna, gdy ten powoli zmniejszał dystans do małej, okrągłej łódki Tenby'ego.

Coraz więcej ludzi zaczęło biec wzdłuż rzeki, wykrzykując słowa otuchy dla pana Alwyna.

Już prawie, już prawie!

Alwyn sięgnął po krawędź łodzi, ale jego ramię nie było wystarczająco długie. Jeszcze kilka pociągnięć i był już prawie na miejscu. Tymczasem Tenby pozostawał nieświadomy chaosu wokół niego.

Jakiś biegacz obok Demeter powiedział coś o zatrzymaniu ich, zanim dotrą do The Swellies, bo inaczej będzie po nich obu.

Zziajana i ledwo nadążająca, Demeter nie mogła zapytać, co to wszystko znaczy.

Pan Alwyn dotarł do łodzi i położył rękę na jej krawędzi. Dzięki Bogu, nie musiał już płynąć!

Ochlapał twarz Tenby'ego wodą, aby go ocucić. Ludzie biegnący wzdłuż brzegu wiwatowali i pokrzykiwali.

Mężczyzna, który wspomniał o The Swellies, miał w ręku zwój liny. Wybiegł daleko naprzód, wyprzedzając prąd.

Tymczasem pan Alwyn, trzymając się burty łodzi, używał swojego długiego ciała jako ciągnącej się kotwicy, by pomóc skierować łajbę bliżej brzegu rzeki. Jej szacunek dla tego człowieka wzrósł tak bardzo, że Demeter pomyślała, iż może zemdleć.

To było zachowanie bohatera.

O ile, oczywiście, przeżyje. Na polu bitwy zginęło już wystarczająco wielu bohaterów, włącznie z tym, kimkolwiek był prawdziwy Tenby.

Oczywiście znów zaczęło padać.

Mogła znieść odrobinę wilgoci, biorąc pod uwagę to, przez co przechodził pan Alwyn.

Przed nimi mężczyzna z liną ustawił się na wychodni

skalnej nieco dalej w dół rzeki. Zawołał do pana Alwyna, by zwrócić na siebie jego uwagę. Z sercem w gardle patrzyła, jak rzuca linę w stronę wolnej ręki pana Alwyna.

Chybił.

Cholera!

Mężczyzna błyskawicznie ściągnął mokrą linę i spróbował ponownie. Tym razem lina wylądowała celnie, a pan Alwyn chwycił ją mocno.

Nogi ugięły się pod Demeter i wyczerpanie powaliło ją na ziemię.

Lloyd był głupcem. Przegapił swoją szansę – tak jak przed laty. Co więcej, pospieszył na ratunek właśnie temu człowiekowi, który zagrażał jego przyszłemu szczęściu z Demeter!

Powinien był zostawić Smitha jego własnemu losowi, ale coś w tej beznadziejnej sytuacji kazało mu skoczyć do wody.

Co za przeklęte wyczucie czasu!

Gdy wyciągał bezwładnego Smitha na brzeg, kilka osób podeszło, by pomóc im obu stanąć na nogi. Droga powrotna do wielkich kuchni wielkiego domu była niechlujna, a on chlupotał i człapał całą drogę.

W drodze powrotnej Smith częściowo odzyskał przytomność. Wykrztusił coś o tym, że żyje i jest tak wdzięczny. Ale Lloyda nie obchodziła wdzięczność, skoro oznaczała, że stracił szansę u Demeter.

Mimo to nie potrafił gniewać się na żadne z nich. Nigdy tak naprawdę nie dowiedział się, czy Demeter wciąż tęskni za tym szarlatanem.

Jego jedyna nadzieja leżała w tym, że Demeter pójdzie

po rozum do głowy, ale jej również pomagano wrócić do wielkiego domu. Trzymał się nadziei, że mogła zemdleć pod wrażeniem jego odwagi, ale znacznie bardziej prawdopodobne było, że zawładnęły nią emocje na ponowny widok ukochanego po tak długim czasie.

Po raz kolejny czekał zbyt długo i przegrał.

Długo po tym, jak opadły emocje po takim zamieszaniu, Demeter siedziała w kuchni, pijąc słodką herbatę przy ogniu.

Kapelusz i płaszcz, które Demeter niosła dla pana Alwyna, wisiały przy ogniu, by wyschły. Jego buty również były rozsznurowane i odwrócone na palenisku. Sądząc po kałużach na kamieniach, minie sporo czasu, zanim znów będą zdatne do noszenia.

Jej emocje kłębiły się, gdy patrzyła na twarze otaczających ją osób.

Wyraz twarzy pana Alwyna był pełen łagodnej troski, gdy patrzył w jej stronę, i sprawiedliwego gniewu, gdy zwracał się do Tenby'ego. Z jego schnących ubrań unosiła się para, gdy przesuwał na sobie koc.

Kapitan Tenby miał na tyle przyzwoitości, by wyglądać na zawstydzonego, ale prawdopodobnie musiał też dojść do siebie po sporych mdłościach, biorąc pod uwagę to całe wirowanie.

Przy tym samym stole herbatę popijała markiza wdowa. Zaskoczyło to Demeter, gdyż sądziła, że dama ta będzie miała znacznie pilniejsze sprawy, takie jak następny obiad i zdrowie swojej synowej.

Markiza wdowa postawiła filiżankę na spodek z głośnym stuknięciem i oznajmiła stanowczo:

„Przejdźmy do rzeczy. Kim pan właściwie jest?" – zapytała mężczyznę, który nie mógł zdobyć się na to, by spojrzeć w stronę Demeter.

„Moje prawdziwe nazwisko to Smith i byłem kucharzem w pułkach".

Smith westchnął, ale wciąż nie patrzył na Demeter.

„Gdy wojna się skończyła, czekało mnie jedynie życie w nędzy, więc przyjąłem nazwisko Tenby'ego. Jemu przecież nie było już potrzebne".

Bezduszne wykorzystanie reputacji zmarłego człowieka paliło Demeter w gardle jak kwas. Tak bardzo pomyliła się w ocenie jego prawdziwego charakteru. Co gorsza, jej ojciec miał rację! Tenby *był* tak bardzo nieodpowiedni!

Markiza wdowa znów zabrała głos. „Nie widzę innego wyjścia z tej sytuacji, zgodnego z zasadami przyzwoitości, jak pańskie małżeństwo z panną Mellingham. Jednakże, jeśli wróci pan do nazwiska Smith, pozbawi ją pan jakiegokolwiek miejsca w towarzystwie. To niesprawiedliwe, że ma być karana za pańskie oszustwo".

Nadal nie patrzył na Demeter.

Tego było dla niej za wiele. Zacisnęła pięści.

„Czy ja mam w tej kwestii coś do powiedzenia?" – zapytała zebranych.

Pan Alwyn i dama odwrócili się do niej. Markiza wdowa rzekła:

„Ależ oczywiście".

„Dobrze". Demeter miała nadzieję, że skręcający się żołądek nie przerwie jej wypowiedzi. To nie była z jej strony pochopna ocena; raczej potworne uświadomienie sobie, że zmarnowała miesiące uczuć na człowieka, który na nie nie zasługiwał. „Nie życzę sobie wychodzić za tego człowieka, bez względu na to, czy nazywa się Tenby czy Smith. Jeśli oznacza to, że do końca swoich dni pozostanę starą panną, niech tak będzie. Głupio wierzyłam w kłamstwa, które mi opowiadał, w tym to, że będzie mnie wspierał i kochał. Ale jego dzisiejsze postępowanie, porzucenie obowiązków przy pierwszej oznace trudności, pokazuje, jak całkowicie nieodpowiedni był i byłby. Kto mi zagwarantuje, że nie porzuci mnie jak skrzynki mokrych małży przy następnej oznace kłopotów?".

Wypowiedzenie tych słów utwierdziło Demeter w postanowieniu, że wolałaby umrzeć jako stara panna, niż być przykutą do człowieka bez kręgosłupa.

Smith zabrał głos i tym razem *prawie* spojrzał na Demeter.

„Byłem w szoku, to wszystko".

Pan Alwyn parsknął i powiedział:

„Nie byłeś w szoku, widząc mnie. Dopiero gdy pojawiła się panna Mellingham, odwróciłeś się i uciekłeś. Każdego dnia uwierzę prędzej jej niż tobie".

Coś ciepłego rozlało się w sercu Demeter na te słowa pana Alwyna.

„Już, już" – powiedziała markiza wdowa, a na jej policzki wpełzł uśmiech. „Obejdzie się bez wyzwisk. Smith, jak dochodowy jest handel małżami, którym się pan teraz zajmuje?".

Wzruszył ramionami i odparł:

„Może pójść bardzo dobrze, pod warunkiem, że ludzie wciąż będą przyjeżdżać, by odwiedzać te skaczące jelenie w stajniach".

Czyżby w oczach markizy wdowy pojawił się błysk? Kobieta z pewnością wydawała się zadowolona z siebie. „Dobrze" – powiedziała. „Skoczki antylopie zostaną tu na dającą się przewidzieć przyszłość. Rozwijam pewne przedsięwzięcie; obejmuje ono przyjęcia obiadowe, a także wizytę u skoczków dla wszystkich gości. Chcę mieć małże na stole, a z tego co słyszałam, pańskie były pyszne. To może być pańska droga do odkupienia i uczciwego zarobku. Jest pan zainteresowany?".

Demeter wtrąciła: „Czyż to nie ja jestem odpowiedzialna za skoczki antylopie? A teraz mam utrzymywać te zwierzęta, aby kontynuować przedsięwzięcie biznesowe między wami dwojgiem?".

Łagodny uśmiech markizy wdowy uspokoił jej obawy, gdy ta powiedziała: „Skoczki antylopie są w tym kluczowe, ale nie ma potrzeby, abyście w ogóle wchodzili sobie w drogę. Będę jednak potrzebowała niezawodnych dostaw jedzenia, jeśli te obiady mają odnieść sukces". Zwróciła swoją uwagę na Smitha i zażądała: „Czy jest pan w stanie pozyskiwać dobre ilości w uczciwy sposób?".

Smith początkowo skinął głową powoli, a potem coraz szybciej, gdy jego umysł zdawał się nadążać za resztą dyskusji i tym, jak lekko wymyka się ich gniewowi.

„Dobrze" – powiedziała markiza wdowa. „W takim razie omówmy warunki".

Przez następną chwilę Demeter czuła jedynie zakłopotanie, gdy markiza wdowa ignorowała pana Alwyna i ją samą, rozmawiając o interesach z panem Smithem.

6 lipca 1816

Najdroższy Ojcze,

Miałeś rację.

Oto przelałam te słowa na papier. „Miałeś rację".

Kapitan Tenby był dla mnie całkowicie nieodpowiedni. Wreszcie się pojawił, a ja ujrzałam jego prawdziwą naturę.

Do końca moich dni możesz mówić „a nie mówiłem", a ja będę się zgadzać, że tak, mówiłeś, a ja nie słuchałam.

Z perspektywy czasu cieszę się, że pękła oś i nie pobraliśmy się. Wiem, że brak małżeństwa jest gorszym skandalem niż poślubienie nieodpowiedniego mężczyzny, ale gdy będę miała wystarczająco dużo papieru i czasu, wyjaśnię wszystko Tobie i Mamie.

Tymczasem skoczki antylopie przyciągają ludzi z bliska i z daleka, chętnych, by na własne oczy zobaczyć te majestatyczne stworzenia. Miejscowy artysta narysował ich podobiznę, którą załączam. Nie do końca udało mu się oddać, jak cienkie mają nogi. Wydaje mi się, że jest bardziej przyzwyczajony do rysowania koni. Teraz mieszka w stajni, aby móc uchwycić ich prawdziwe kształty w każdej chwili.

Mam jednak gorącą prośbę. Chciałabym pozostać w Bangor.

Oto kolejna niespodzianka dla Ciebie. Nie proszę o to, by być przekorną; naprawdę pokochałam to miejsce i tutejszych ludzi. Nawet deszcz! Możesz w to uwierzyć? Moja wcześniejsza korespondencja była pełna próśb o sprowadzenie mnie do domu, ale od tamtej pory odkryłam, że okolica ta odpowiada mi w każdym calu. Stan starej panny również mi odpowiada i z radością przeżyję w nim resztę moich lat.

Markiza wdowa i ja jesteśmy zajęte przygotowaniami na ewentualną wizytę księcia regenta, chociaż nie mamy potwierdzenia daty jego przyjazdu, ani w ogóle jego przyjazdu. Żadna korespondencja w tej sprawie nie nadeszła. Czy masz jakieś wieści na ten temat? Bardzo pomogłoby to w planowaniu wydarzeń w tej części Walii, gdybyśmy wiedzieli, kiedy spodziewać się Jego Wysokości.

Twoja córka,

Demeter

P.S. Proszę, przekaż moje najlepsze życzenia Matce i siostrom. Mam nadzieję, że w pełni otrząsnęły się z hańby, jaką sprowadziłam na rodzinę. Kto by pomyślał, że sześć miesięcy deszczu i para skoczków antylopich przywrócą mi rozsądek?

ROZDZIAŁ 13

10 LIPCA 1816

Deszcz znów lał jak z cebra, zupełnie nie zważając na kalendarz. Demeter, idąc do stajni, naciągnęła na głowę kaptur płaszcza. Każdego dnia przybywało mnóstwo ludzi, którzy chcieli zobaczyć zwierzęta. Kiedy mżyło, stali na otwartej przestrzeni. Ulewa zmuszała ich do tłoczenia się pod parasolami lub chronienia się pod okapem wielkiego domu.

Stajenni dostosowali się do nowych obowiązków, czyli pilnowania ludzi. Młody Roberts był szczególnie gorliwy. Bogu dzięki za rzetelnych ludzi. Może przy odrobinie dodatkowego szkolenia mogliby przejąć obsługę gości? Wtedy Demeter mogłaby lepiej wykorzystać swój czas, robiąc… hmm, ale co właściwie? Jeśli nie opiekowała się skoczkami, jaką rolę odgrywała u Rosstrevorów? Organizowanie obiadów z markizą wdową straciło swój urok, teraz gdy musieliby załatwiać dostawy składników ze Smithem. Myśl o konieczności spotykania go, nawet przelotnie, w ogóle jej nie pociągała.

„Jestem teraz starą panną — powiedziała do siebie — więc równie dobrze mogę się tak zachowywać".

Kiedy weszła do stajni, zastała skoczki bezpiecznie schronione w boksie. Sądząc po ilości odchodów w słomie u ich stóp, najwyraźniej jadły bez przerwy. W pewnym momencie trzeba będzie przenieść skoczki do innego boksu, aby stajenni mogli tam wejść i wybrać gnój.

To byłaby specjalna gratka dla gości – pomóc w przeniesieniu zwierząt do innego boksu. Demeter zapytała tłum: „Skoro wszyscy jesteście tacy cisi i pełni szacunku, zastanawiam się, czy ktoś z was nie mógłby pomóc przenieść skoczków do innego boksu?".

Wszyscy podnieśli ręce, a ją ogarnęło ciepłe uczucie.

Roberts się odezwał. „Ja to zrobię, panienko!".

Goście jęknęli cicho z rozczarowania, że ominęła ich okazja. Jeden sięgnął do kieszeni i wyciągnął monetę. Dobry Boże, byli gotowi zapłacić za wykonanie czynności, którą zwykle pozostawiano służbie.

Niezwykłe!

Piasek w klepsydrze przesypał się do końca, więc poprosiła grupę, by ruszyła dalej, aby kolejni goście mogli mieć swoją szansę.

Mężczyzna, który podniósł monetę, zapytał: „Czy ich obornik jest na sprzedaż? Założę się, że to doskonały środek dla ogródka warzywnego".

Dobry Boże, to było skandalicznie bliskie zajmowania się handlem, ale okazja była zbyt dobra, by ją przepuścić. „Mogę sprzedać panu worek, a jeden z chłopców go dla pana napełni".

Pan Alwyn wszedł do stajni.

Rumieniec oblał jej policzki, jakby siedziała przy ogniu w kuchni.

Podszedł do niej i rzekł: „Panno Mellingham, miałem nadzieję, że pani tu będzie".

Opanowały ją nerwy i musiała wymyślić coś do powiedzenia. „Potrzebują imion — rzekła, wskazując na zwierzęta. — Chaos i Zamęt mogłyby pasować".

Pan Alwyn uśmiechnął się szeroko i dodał: „A co z Pandą i Monium?".

To rozbawiło Demeter. „Psikus i Figiel?" — zasugerowała.

„O tak, to strzał w dziesiątkę" — odparł.

Zapadła niezręczna cisza, która sprawiła, że wszystko wydało się o wiele bardziej skomplikowane, niż powinno.

„To było zaniedbanie z mojej strony — powiedziała. — Muszę podziękować panu za pański heroiczny czyn w rzece. Jestem panu winna ogromną wdzięczność".

Obecna grupa gości opuściła stajnię, a weszła nowa.

Odchrząknął i powiedział: „Może pójdziemy na spacer do bramy frontowej i powiesimy tabliczkę «Zamknięte»? Możemy dać Pikusowi i Figlowi resztę dnia wolnego?".

Szczęśliwe zwierzęta, że będą miały czas dla siebie.

„Będę wdzięczna za spacer, dziękuję" — zdołała wykrztusić.

Ich kroki zbiegły się w jednym rytmie, gdy szli do bramy.

Minął ich kłusem na koniu lokaj Rosstrevorów, wiozący dzienną pocztę rodziny.

Był wśród niej list, który napisała do ojca. Czy powinna go odebrać? Nigdy nie doczekałaby się końca jego przechwałek. Z bólem pozwoliła lokajowi minąć ich i skręcić w stronę miasta, gdzie pognał konia do galopu.

Za późno, by go odwołać.

„Wydaje się pani zmartwiona?" — spytał pan Alwyn.

Westchnęła ciężko i musiała przyznać, że tak. „Napisałam pospieszny list do ojca i przyznałam na piśmie, że miał rację co do Tenby'ego. Oczywiście, nigdy nie da mi z tym spokoju".

Twarz pana Alwyna spochmurniała, a ona pospieszyła go uspokoić. „Jestem pewna, że chce dla mnie jak najlepiej, ale dopiero teraz zaczynam rozumieć, jak ogromne brzemię nałożyłam na rodzinę. Co oznacza, że jeśli zechce mi przypominać o moich występkach, ma do tego pełne prawo. Rzeczywiście postąpiłam okropnie. Dobry Boże, może byłoby łatwiej, gdyby zniknął w rzece. Nie żebym komukolwiek tego życzyła".

Głos pana Alwyna lekko się załamał, gdy mówił. „Panno Mellingham, nigdy bym pani tego nie miał za złe. Rozumiem, że nie jest pani skłonna do odnawiania z nim znajomości?".

Wypaliła: „Bardzo nie jestem skłonna. Chociaż był pan nieprawdopodobnie odważny, ratując go. Ma pan za to moją wdzięczność, i wszystkich innych".

Zatrzymał się i odwrócił do niej. „Przykro mi tylko, że musi pani znosić jego obecność tak długo, jak długo będziemy mieli gości z powodu skoczków".

„Jestem pewna, że sobie poradzę. Kilka siniaków na duszy zagoi się z czasem".

W uszach Lloyda dzwoniło. Jego wyczucie czasu było albo idealne, albo znowu spóźnione. Musiał działać, inaczej umarłby, zastanawiając się. „Powinienem pani powiedzieć — rzekł, a jego głos nieco się łamał — że niedawno otrzymałem list od pani ojca. Zamierzałem z panią porozmawiać, ale… cóż, mieliśmy inne przygody, które nas zajmowały".

„Pan otrzymał list, a ja nie? To takie typowe dla taty. Czy potwierdził, kiedy przybędzie książę regent?".

Jego serce biło szybciej, gdy patrzył na jej twarz. „Tego istotnego faktu akurat mi nie przekazał. Prawdopodobnie dlatego, że nie zapytałem".

To zaskoczyło Demeter. „Więc dlaczego w ogóle pan do niego pisał, jeśli nie po to, by o to zapytać?".

Ujął jej dłonie w swoje. Przenikały go dreszcze zmieszania i oczekiwania. „Ponieważ pytałem o zupełnie inną sprawę. Pytałem o… pozwolenie na zaloty do pani".

„Och!" — powiedziała Demeter.

„Och?" — odparł.

Miał raczej nadzieję, że zemdleje lub się uśmiechnie, ale wyglądała na zdezorientowaną. Czyżby nie dał jej żadnego znaku swojego uczucia? Sądzil, że jego pochwały na ostatnim obiedzie były tak entuzjastyczne, że wywołają plotki.

Demeter potrząsnęła głową. „Tak, «och». Ponieważ w liście do ojca, który lokaj właśnie wiezie do miasta, napisałam, że zamierzam dokończyć swoich dni jako zatwardziała stara panna".

Zimny dreszcz przebiegł mu po kręgosłupie. „Dlaczego pani napisała coś takiego?".

„Cóż — przygryzła dolną wargę — myślałam, że to prawda. Dlaczego nic mi pan nie powiedział o swoich uczuciach?".

Deszcz zaczął padać mocniej. Schronili się pod dębem, gdzie pod jego szerokimi liśćmi było nieco mniej wilgotno.

Lloyd powiedział: „Chciałem pani powiedzieć, ale mieliśmy tylu gości. I była pani strasznie zajęta skoczkami. Potem przybył ten łajdak Smith-Tenby. Przez chwilę nie byłem pewien, czy nadal darzy go pani uczuciem, a gdyby tak było, cóż, ja… czułem, że powinienem wycofać się z zabiegów”.

Demeter zachichotała i rzekła: „Oboje pozwoliliśmy, by wyobraźnia nas poniosła. To prawda, byłam zaskoczona, widząc Tenby'ego po tak długim czasie, ale zamiast czuć uniesienie, ja… dość gwałtownie przejrzałam na oczy. Potem zwątpiłam w moją zdolność oceny charakteru człowieka, po tym, jak bardzo się co do niego pomyliłam. Naprawdę byłam gotowa zostać starą panną, proszę mi wierzyć, nie mówiłam tego tylko po to, by przyspieszyć pańską deklarację”.

Ich splecione dłonie zacisnęły się mocniej.

Nadzieja przegoniła jego lęki. „Naprawdę mam nadzieję, że nie chcesz być starą panną. A przynajmniej, nie na długo?”.

Zarumieniła się.

Musiał wykorzystać swoją szansę. „Z przyjemnością poprosiłbym cię o rękę tu i teraz, ale nie chcę cię pospieszać”.

Róż na jej policzkach rozlał się aż po delikatne uszy. „Cóż, jeśli chcesz mnie zapytać, równie dobrze możesz to zrobić, chociaż…”.

„… Panno Mellingham, czy wyjdziesz za mnie?”.

Na jej twarzy pojawił się cudowny uśmiech i Lloyd mógłby umrzeć i pójść do nieba. Stopniowo jej zwycięski uśmiech przekształcił się w coś *prawie* przebiegłego.

Demeter odparła: „Z przyjemnością ci odpowiem, tu i teraz… ale… postanowiłam *nie* spieszyć się z tym".

Nie mógł uwierzyć, że odbiła echem jego własne słowa. To będą cudowne zaloty. „Czy prośba o pocałunek byłaby pospiechem?".

„Wcale nie" — powiedziała i przycisnęła swoje usta do jego.

Jej wargi były miękkie i idealne na jego ustach. Jego serce z radością waliło o żebra.

EPILOG

SIERPIEŃ 1816

Mary Rosstrevor, owdowiała markiza Caernarfonshire, z przyjemnością odbywała popołudniowy spacer brzegiem Menai. Przeczytała kolejny gniewny list od ojca Demeter i zachichotała złośliwie. Nie żeby ukrywała całą korespondencję od pana Mellinghama; jedynie te nowsze, zwięzłe epistoły, w których żądał, by Demeter wyjechała do Bath.

20 lipca 1816

Demeter,

nie mogę uwierzyć, że wciąż jesteś w Północnej Walii, podczas gdy powinnaś być tutaj, w Bath. Czy nie otrzymałaś moich listów zawiadamiających, że ty i skoczniki afrykańskie musicie być tu do piętnastego tego miesiąca z powodu wizyty księcia regenta?

I tak dalej. List dotarł o wiele za późno, by na cokolwiek się przydać. Nawet gdyby dostarczono go na czas, Mary by go nie przekazała. Ani tego wcześniejszego. Zwierzęta,

Demeter i pan Alwyn należeli tutaj, do Bangor Hall. Jej przyszłe przyjęcia i plany matrymonialne zależały od tego, by tu pozostali.

Kilkoma zręcznymi ruchami podarła list na drobne kawałki. Wrzuciła je do wzburzonej wody i pomachała im na pożegnanie.

Pośrodku stajni obiekt uczuć Lloyda wyglądał na uosobienie zadowolenia.

Nie mógł powstrzymać uśmiechu na myśl o tym, jak wielkim był szczęściarzem, mogąc się do niej zalecać. Demeter była urodzoną przywódczynią; witała ludzi i dziękowała im, nigdy nie musiała podnosić głosu i dbała o to, by wszystko szło gładko.

Baron Abergavenny i jego baronowa odwiedzali dziś skoczniki i zapewnili sobie prywatną audiencję. Baronowa zauważyła: „Samica wygląda znacznie lepiej. Musi jej smakować jedzenie, bo ma teraz taki śliczny, okrągły brzuszek".

Gdy patrzyli na samicę, Lloyd dostrzegł drgnięcie mięśni na jej zadzie. Samiec stał się niespokojny, rozdymając nozdrza i strzygąc uszami.

Samica tupnęła nogami i odsunęła się od samca, wciskając się w róg.

Nagle Lloyd zrozumiał, co się musiało dziać. Sięgnął po uprząż samca i rzekł: „Chyba dla bezpieczeństwa zabiorę go do drugiego boksu".

Odprowadzając samca, usłyszał zduszony okrzyk zaskoczenia Demeter. Nie miał czasu, by na nią spojrzeć, musiał się upewnić, że kozioł nie będzie sprawiał problemów, jeśli jego podejrzenia co do tego, co mogło się dziać, były słuszne.

Baronowa również wciągnęła gwałtownie powietrze i powiedziała: „Wydaje mi się, że ona chyba będzie miała... cielę? Czy źrebię, czy... Jak właściwie *nazywają się* ich młode?".

Głos Demeter był pełen zdumienia: „Nie jestem pewna. Nie znalazłam żadnych książek o hodowli skoczników w żadnej z tutejszych bibliotek".

Baron rzekł: „Może dlatego książę się ich pozbył, bo szybko się rozmnażają? Ciekawe, ile ich urodzi?".

Samica strzygła uszami w tę i z powrotem i wyglądała na zaniepokojoną. Oczywiście chciała uwolnić się z uprzęży, ale nie śmieli jej wypuścić, ponieważ mogłaby zranić siebie i maleństwo, gdyby zaczęła skakać.

Baron położył delikatnie ramię wokół baronowej i powiedział: „Mówiłem ci, że zobaczymy osobliwości, ale nie sądziłem, że osobliwości tak szybko przyjdą do nas!".

Oboje zachichotali, wyglądając na niewiarygodnie szczęśliwych. Dobrze dla nich, pomyślał, pragnąc objąć Demeter w ten sam sposób. Może powinien. W końcu oficjalnie się do siebie zalecali.

Małe drzwi stajni otworzyły się z hukiem, płosząc wszystkich. Pojawiła się zdyszana pokojówka i powiedziała do baronowej: „Tu pani jest, jaśnie pani o panią pyta".

Dama wyprostowała się, a jej twarz przybrała poważny wyraz. „Chyba jeszcze nie zaczęła?".

Pokojówka zniżyła głos i odparła: „Nie, ale, za pozwoleniem, źle się czuje i prosi o panią".

Baronowa dała mężowi pożegnalnego całusa i powiedziała: „Biedna dziewczyna, jeszcze miesiąc przed nią, a już jest duża jak stodoła".

Baronowa poszła za pokojówką do dużego domu, a potem zostali tylko we trójkę. Lloyd wytężał umysł w poszukiwaniu powodu, by pozbyć się barona i móc spędzić trochę czasu sam na sam z Demeter.

„Więcej słomy" – powiedziała Demeter do nikogo w szczególności.

Lloyd zebrał dodatkową słomę i włożył ją do boksu samicy. W cichym zachwycie cała trójka patrzyła, jak łania powołuje na świat małe życie.

W końcu małe, brązowe stworzonko chwiejnie stanęło na długich nogach i wyprostowało się, a jego mokra, brązowa sierść mocno kontrastowała z białym brzuchem matki.

Baron zachichotał i powiedział: „Miejmy nadzieję, że dorośnie do tych uszu, bo inaczej może odlecieć przy silniejszym wietrze".

Uszy rzeczywiście wyglądały na komicznie duże, ale to tylko dodawało maleństwu uroku.

Lloyd rzekł: „Proszę poinformować jaśnie pana, że mamy teraz na posiadłości trzy skoczniki".

Baron skinął głową i ruszył z powrotem do domu. Gdy tylko zostali sami, Lloyd sięgnął po dłoń Demeter i przyciągnął ją do siebie. Uśmiechnęła się i wtuliła w jego objęcia.

Czy mógł istnieć doskonalszy moment?

„Dziękuję, że mnie nie pospieszałeś, mój drogi" – powiedziała Demeter.

Rozlało się w nim ciepło. Powtórzył jej słowa z cichym śmiechem. „«Mój drogi», bardzo mi się podoba, jak to brzmi. Chyba zacznę ci tak od czasu do czasu odpowiadać".

Demeter przytuliła się mocniej i powiedziała: „Bardzo mi

się podobają te nieśpieszne zaloty. Czuję, że to właściwy moment, by ci powiedzieć, Lloyd, że jestem w tobie zakochana. Oczywiście, nie szaleńczo, bo to sugerowałoby utratę zdrowego rozsądku. Jestem w tobie zakochana bardzo rozsądnie, w wyważonym, racjonalnym znaczeniu tego sł…"

Lloyd pocałunkiem przerwał resztę jej zdania. Po raz pierwszy w życiu jego wyczucie czasu było idealne.

12 sierpnia 1816

> *Bangor Hall*
>
> *Najdrożsi Mamo i Tato,*
>
> *Gdy już przestaniecie się śmiać moim kosztem po moim poprzednim liście — który, modlę się, nigdy nie dotarł i zaginął dla świata — możecie znaleźć kolejny powód do uciechy w mojej sytuacji.*
>
> *Pan Lloyd Alwyn poprosił mnie o rękę, a ja przyjęłam jego oświadczyny. Widzicie, bardzo dojrzałam i ostatnio robię wszystko we właściwej kolejności — nie wywołamy żadnego skandalu i z radością przyjedziemy na ceremonię do Bath lub poczekamy, aż będziecie mogli przybyć do Bangor Hall. Mam nadzieję, że pogoda się poprawi, aby ten list i wasza odpowiedź nie potrzebowały tak wiele czasu na dotarcie.*
>
> *Wasza córka,*
>
> *Demeter*

UWAGA OD AUTORA

Kolonia Przylądkowa, jak ją wówczas nazywano, to dzisiejsza Republika Południowej Afryki. Brytyjczycy na początku XIX wieku nazywali skoczniki antylopie „springbucks". Skoczniki antylopie to gatunek antylopy z rodziny gazel. Są znane z „pronkingu", czyli akrobatycznych wyskoków w powietrze, mających na celu przyciągnięcie partnerki. Potrafią wyskoczyć pionowo w górę na ponad trzy metry (10 stóp)!

Samce i samice nazywa się trykami i owcami, a ich młode jagniętami. Ciąża u samic trwa około 25 tygodni i zazwyczaj rodzą jedno jagnię, ale jeśli warunki są sprzyjające, mogą zachodzić w ciążę dwa razy w roku.

Skoczniki antylopie tak doskonale przystosowały się do suchego i często gorącego klimatu, że rzadko muszą pić. Te biedne stworzenia z pewnością marzłyby w północnej Walii!

Crempogs – to słowo może sprawić, że niektórzy z was będą się drapać po głowach. Są to pyszne, małe, puszyste naleśniki, idealne o każdej porze dnia. (W niektórych częściach świata znane są jako pikelets).

Składniki

- 450 ml maślanki (15 uncji)
- 4 łyżki stołowe lub 55 gramów (2 uncje) masła
- 275 gramów (10 uncji) mąki pszennej (uniwersalnej)
- 75 gramów (3 uncje) drobnego cukru
- 1 łyżeczka sody oczyszczonej
- 1/2 łyżeczki soli
- 1 łyżka stołowa octu (soda oczyszczona i ocet pomagają crempogom wyrosnąć)
- 2 duże jajka, roztrzepane

Można wymieszać wszystkie składniki naraz, aż do uzyskania gładkiej masy. Następnie odstawić na 30 minut lub godzinę, jeśli zdołacie się powstrzymać.

Można też zrobić to w bardziej skrupulatny sposób, aby uzyskać idealne crempogi.

1. W rondelku na małym ogniu wymieszać maślankę z masłem i podgrzewać, aż się rozpuszczą.

2. Wsypać mąkę do dużej miski, a następnie powoli wlewać do niej ciepłą maślankę z masłem. Ubić ciasto trzepaczką, aby pozbyć się grudek. Odstawić na 30 minut.

3. W innej misce ubić jajka i wymieszać z sodą oczyszczoną, solą i octem. Następnie wlać tę masę jajeczną do ciasta z mąką i dobrze wymieszać.

4. Natłuścić ciężką patelnię lub płytę grillową i dobrze ją rozgrzać.

5. Nakładać ciasto na crempogi łyżką stołową na patel-

nię, małymi porcjami. Smażyć przez kilka minut, a następnie przewrócić na drugą stronę.

6. Jeść, gdy tylko najdzie was ochota. Można utrzymać je w cieple, układając jeden na drugim na talerzu i przykrywając ściereczką, aby podać wszystkie jednocześnie.

7. Podawać z dżemem lub syropem i dodatkową porcją masła. Mniam!

O AUTORZE

Ebony pochodzi z Melbourne w Australii i pracowała jako dziennikarka dla kilku lokalnych gazet w tym mieście. Następnie spróbowała swoich sił w pisaniu powieści romantycznych i nigdy nie żałowała tej decyzji. Wyszła za mąż za Walijczyka i razem wychowujecie syna w Melbourne, gdzie jednego dnia może być nieznośnie gorąco, a następnego lać deszcz.

Ebony Oaten kocha historię, ale nie przepada za jej przeżywaniem na nowo.

Jest autorką wielu uroczych historycznych powieści romantycznych i cieszy się, że tłumaczenia na różne języki docierają do nowych odbiorców.

Wraz ze współautorką Catherine Bilson stworzyła serię Księgarniane Piękności, która zachwyca czytelników na całym świecie.

f facebook.com/EbonyOaten

KSIĘGARNIANE PIĘKNOŚCI

Gorący Wielbiciel Estelle

Wesoły Dżentelmen Marii

Świąteczny Bohater Louise

Przystojny Doktor Bernadette

Chętna wdowa po Matthew